Autour du monde

en 5 dollars

Translated to French from the English Version of
Around the World in 5 Dollars

Dr Binoy Gupta

Ukiyoto Publishing

Tous les droits d'édition mondiaux sont détenus par

Ukiyoto Publishing

Publié en 2024

Contenu Copyright © Dr Binoy Gupta

ISBN 9789367952238

Tous droits réservés.
Aucune partie de cette publication ne peut être reproduite, transmise ou stockée dans un système de recherche documentaire, sous quelque forme que ce soit et par quelque moyen que ce soit, électronique, mécanique, photocopie, enregistrement ou autre, sans l'autorisation préalable de l'éditeur.

Les droits moraux de l'auteur ont été revendiqués.

Ce livre est vendu à la condition qu'il ne soit pas prêté, revendu, loué ou diffusé de quelque manière que ce soit, à titre commercial ou autre, sans l'accord préalable de l'éditeur, sous une forme de reliure ou de couverture autre que celle dans laquelle il est publié.

www.ukiyoto.com

Merci à Ukiyoto pour le soutien qu'elle apporte à tous les auteurs.

Contenu

Introduction	1
Histoire du Gange de Gangotri à Ganga Sagar	3
Sunderbans - le plus grand delta du monde	11
Dinosaures et fossiles	19
Ladakh - le pays énigmatique de la neige et du sable	27
Parcs nationaux et sanctuaires de faune et de flore de l'Inde	35
Îles Andaman et Nicobar - un paradis tropical	47
Victoria - la plus belle ville du Canada	54
Skagway, Alaska	60
Koh Samed, Thaïlande	66
Île de Langkawi, Malaisie	73
Sydney - Vitrine de l'Australie	80
A propos de l'auteur	87

Introduction

Aussi sédentaire et paresseux que l'on puisse être, la vérité est que tout le monde dans ce monde est un voyageur. Rien n'est statique dans l'espace. Notre terre est également en mouvement. La masse terrestre se déplace constamment et nous tous avec elle.

En outre, tout au long de l'histoire, l'humanité a aimé voyager dans des endroits lointains, éloignés et exotiques, le plus souvent inexplorés et inconnus. À l'époque, les voyages étaient difficiles et dangereux, confrontés aux périls inconnus de la mer, à l'hostilité des indigènes et des pirates, aux maladies, aux animaux sauvages, etc. Mais le monde n'aurait pas été entièrement exploré, de nouveaux endroits n'auraient pas été découverts et de nouveaux pays n'auraient pas été trouvés et habités sans les courageux voyageurs de l'époque.

Grâce à l'internet, à la téléphonie mobile et à d'autres moyens de communication, les voyages sont devenus beaucoup plus pratiques et faciles aujourd'hui. Les informations les plus récentes sont facilement accessibles.

Pourtant, il est surprenant que nous en sachions si peu sur tant de lieux différents. La plupart d'entre nous voyagent, peut-être une fois par an ou plus, dans les mêmes lieux bien fréquentés.

J'ai eu la chance de visiter une grande variété d'endroits. Je m'immerge profondément dans tous les endroits que je visite. Lorsque je visite un parc fossilifère, j'ai l'impression d'être transporté dans une autre époque. Je peux littéralement me visualiser en train de marcher parmi les dinosaures. Je pense que c'est un don unique et rare, mais il rend les voyages beaucoup plus agréables.

Après avoir visité un endroit intéressant, j'ai l'habitude d'écrire un carnet de voyage à son sujet. Ces récits de voyage ont été publiés dans presque tous les principaux journaux et magazines indiens, dans les magazines de bord, dans le magazine RCI et même à l'étranger.

Dans ce livre, je n'ai pas indiqué comment se rendre dans les différents endroits, où loger, quoi manger et quoi voir. Ces informations sont en constante évolution et les plus récentes sont librement accessibles sur l'internet. Vous pouvez effectuer des réservations de vols et d'hôtels en ligne à des tarifs compétitifs sur Internet. Essayez d'éviter les périodes de pointe et, si possible, planifiez un peu à l'avance.

Ma tentative est d'éclairer le lecteur sur plusieurs lieux qu'il ne visitera peut-être jamais. Ouvrez les yeux du lecteur sur ce qu'il pourrait manquer dans son emploi du temps chargé. Après avoir lu ce livre, lorsque vous visiterez un parc de fossiles, vous saurez ce qu'est un fossile. Lorsque vous visiterez un parc national, vous saurez ce qu'est un parc national. En visitant le parc national de Gir, vous saurez comment le Nawab de Junagadh a contribué à la préservation du lion asiatique. Lorsque vous visitez un lieu religieux, comme le Ganga Sagar, vous en savez plus sur son passé et son importance religieuse.

J'ai inclus des chapitres sur les villes visitées lors de ma croisière en Alaska, le summum de mon expérience de voyage, et sur mon voyage en Australie, dans l'hémisphère sud - à l'autre bout du monde. Bien sûr, j'ai inclus mes voyages en Thaïlande et en Malaisie parce que ce sont les endroits les plus faciles d'accès et que nous, Indiens, aimons y aller.

Ce livre est bien plus qu'un simple carnet de voyage. Il emmène le lecteur dans une visite éducative de plusieurs lieux intéressants que j'ai visités et appréciés.

Les enfants et les parents trouveront le contenu intéressant, informatif et instructif. Profitez de ce voyage avec moi.

Histoire du Gange de Gangotri à Ganga Sagar

Que se passerait-il si le Gange venait à mourir ?

De nombreux Indiens que j'ai interrogés balaient la question en suggérant que le Gange ne peut pas mourir, mais admettent qu'ils sont préoccupés par la pollution.

Une femme qui vit sur les rives du Gange depuis 18 ans a déclaré avec audace : "Si le Gange meurt, nous mourrons tous. La société meurt".

Pete Mcbride

Les hindous considèrent le Ganga (ou Ganges) comme un fleuve très sacré. Le Ganga est mentionné dans le Rig Veda, la plus ancienne et la plus sacrée des écritures hindoues. Ganga est considérée comme la mère de tous les dieux. Il achemine l'eau de l'Himalaya vers les plaines jusqu'à l'océan Indien.

Mythologie - l'histoire du Gange

Ganga vivait dans les cieux. Je vais vous raconter l'histoire de la descente de Ganga sur la terre. Le roi Sagar, ancêtre du Seigneur Ram et souverain de la dynastie Ikshvaku, décida d'accomplir l'Ashwamedha Yagna selon les instructions de Sage Aurva. On croyait qu'en accomplissant 100 Ashwamedha Yagnas, on pouvait dominer la terre entière.

Le roi Sagar décida de réaliser le Aswamedha Yagna. Dans le cadre de ce rituel, il a envoyé un cheval blanc parcourir le monde pour voir si quelqu'un contesterait son autorité en capturant le cheval et en stoppant sa progression. Le Seigneur Indra, le seul à avoir accompli les 100 Ashwamedha Yagna, craignait de perdre sa supériorité au profit d'un mortel.

Il décida de contrecarrer le Yagna par tous les moyens. Il vola le cheval du roi Sagar et l'attacha à l'ashram du sage Kapila Muni dans le Patala Loka - le monde inférieur.

Le roi Sagar attendit longtemps le cheval. Mais il n'est pas revenu. Très inquiet de la non-arrivée du cheval, le roi Sagar envoya ses soixante mille fils chercher le cheval et le ramener. Ils sont allés aux quatre coins du monde à la recherche du cheval, mais en vain. Les fils du roi Sagar creusèrent la terre pour voir si, par hasard, le cheval pouvait être retrouvé à Patala Loka. Ils découvrent une grotte et un sage assis en profond samadhi (méditation), totalement inconscient de ce qui l'entoure. Les fils prirent le sage pour le voleur qui avait dérobé le cheval. Ils se sont approchés du Sage pour l'attaquer. Le Sage était Kapila Muni, une incarnation du Seigneur Vishnu lui-même.

Troublé par toute cette agitation, Kapila Muni ouvrit les yeux. Résultat : les soixante mille fils du roi Sagar ont été réduits à un tas de cendres grâce à l'énorme pouvoir de son tapasya. Le roi Sagar apprit cette nouvelle catastrophique et fut très affligé. Mais le Aswamedha Yagna devait être poursuivi et achevé.

Le roi Sagar est confronté à un dilemme. Il n'eut d'autre choix que de charger son petit-fils Amsumantha, qu'il aimait beaucoup, de ramener le cheval. Amsumantha était très bien élevé et obéissant. Il suivit les pas et le chemin de ses prédécesseurs et arriva à la même grotte où le sage faisait pénitence. Mais contrairement à ses prédécesseurs, il a su reconnaître la grandeur du sage et de son avatar.

Il a fait l'éloge du sage Kapila Muni en tant qu'incarnation du Seigneur Vishnu, le protecteur de l'univers. Il a raconté combien ses prédécesseurs avaient eu tort d'essayer de l'attaquer. Il raconta le Yagna Aswamedha accompli par le roi Sagar et demanda à Kapila Muni la permission de reprendre le cheval. Sage Kapila Muni, impressionné par l'humilité et les bonnes manières d'Amsumantha, le bénit et lui demande de reprendre le cheval pour que le Aswamedha Yagna soit mené à bien. Amsumantha ramena le cheval, après quoi le Aswamedha Yagna fut achevé sans encombre.

Les âmes des fils du roi Sagar erraient sous forme de prets (fantômes) car leurs derniers rites n'avaient pas été accomplis. Kapila Muni dit à Amsumantha que ses prédécesseurs qui avaient été réduits en cendres n'atteindraient le pitraloka (salut) que si le fleuve Ganga lavait leurs cendres. Le roi Sagar essaya de faire descendre Ganga sur terre. Il a échoué. Anshuman (le neveu de ces 60 000 fils) pria alors Brahma de faire descendre Ganga sur la terre, mais lui aussi échoua. Puis son fils Dilip a essayé. Il a également échoué.

Lorsque Bhagiratha (qui signifie "celui qui travaille dur" - il doit son nom au fait qu'il a travaillé dur pour amener Ganga sur terre), l'un des descendants de Sagar, fils de Dilip, a appris ce destin, il a juré de faire descendre Ganga sur terre afin que ses eaux puissent purifier leurs âmes et les libérer pour le ciel.

Bhagiratha pria Brahma de demander à Ganga de descendre sur Terre. Brahma est d'accord et demande à Ganga de descendre sur Terre puis dans les régions inférieures afin que les âmes des ancêtres de Bhagiratha puissent aller au ciel. Ganga a déclaré que sa descente sur terre serait si dévastatrice qu'elle anéantirait tout sur son passage.

Bhagiratha pria Shiva de l'aider et d'interrompre la descente de Ganga. Ganga descendit donc sur les tresses de Shiva. Shiva l'emprisonne calmement dans ses cheveux et la laisse s'échapper par petits ruisseaux. Le toucher de Shiva a encore sanctifié le Gange. Alors que Ganga se rendait dans les mondes inférieurs, elle a créé un autre cours d'eau pour rester sur Terre et aider à purifier les âmes malheureuses qui s'y trouvent.

Le Ganga est le seul fleuve à couler dans les trois mondes - Swarga (le ciel), Prithvi (la terre) et Patala (le monde souterrain ou l'enfer). En sanskrit, on parle de ripathagā (celui qui parcourt les trois mondes). Le Gange est descendu sur terre grâce aux efforts de Bhagiratha. C'est pourquoi la rivière est également connue sous le nom de Bhagirathi.

Ganga est également connue sous un autre nom, Jahnavi. Après la descente de Ganga sur Terre, alors qu'elle se rendait à Bhagiratha, ses eaux impétueuses créèrent des turbulences et détruisirent les champs et la sadhana d'un sage du nom de Jahnuhttps://en.wikipedia.org/wiki/Rishi_Jahnu. Il en fut irrité et but toutes les eaux du Gange. Les dieux prient alors Jahnu de libérer Ganga afin qu'elle puisse poursuivre sa mission. Satisfait de leurs prières, Jahnu libéra Ganga (ses eaux) de ses oreilles. D'où le nom de Jahnavi (fille de Jahnu) pour Ganga.

Certains pensent que le fleuve Ganga finira par s'assécher à la fin du Kali Yuga, la dernière des quatre étapes que traverse le monde dans le cadre du cycle des yugas (l'ère des ténèbres, l'ère actuelle), comme cela s'est produit avec le fleuve Sarasvati et que cette ère prendra fin. Le prochain, dans l'ordre cyclique, sera le Satya Yuga ou l'ère de la vérité.

Selon l'hindouisme, un Yuga complet commence avec le Satya Yuga, passe par le Treta Yuga et le Dvapara Yuga pour aboutir au Kali Yuga.

Le Gange

Le Gange est une attraction fascinante pour les aventuriers. Sir Edmund Hillary a écrit : "Pendant plus de cinq ans, j'ai rêvé d'une nouvelle aventure, celle de voyager avec un groupe d'amis depuis l'embouchure du Gange, en remontant à contre-courant jusqu'aux montagnes où le fleuve a pris sa source. En 1977, Sir Edmund Hillary a réalisé l'expédition "Ocean to Sky" dont il rêvait. Il a écrit un livre racontant cette aventure.

D'une manière ou d'une autre, j'ai réussi à reproduire la même aventure, mais dans le sens inverse. J'ai voyagé depuis l'origine du Gange jusqu'à sa confluence avec les océans, non pas d'un seul trait, mais par bribes, étalées sur plusieurs années.

Dans ma jeunesse, j'avais l'habitude de partir en vacances chaque été parce que les écoles et les collèges étaient fermés et que les enfants étaient libérés de leurs études ennuyeuses. Les voyages en avion étaient inabordables. À l'époque, il était difficile d'obtenir des réservations ferroviaires. Il faut s'y prendre des mois à l'avance. Ma mère aimait faire du tourisme et elle pensait toujours à de nouveaux endroits à voir. Après être revenue d'un endroit particulier, elle commençait à penser à l'endroit que nous pourrions visiter l'année suivante.

Un jour, nous avons atterri à Gomukh, où j'ai vu le glacier de Gangotri, ma première observation de près d'un glacier, dans le district d'Uttarkashi, dans l'Uttarakhand, dans une région limitrophe du Tibethttps://en.wikipedia.org/wiki/Tibet.

Glacier de Gangotri

Vous avez dû lire des articles sur les glaciers - Qu'est-ce qu'un glacier ?

Les glaciers sont constitués de neige tombée qui, pendant de nombreuses années, se comprime pour former de grandes et épaisses masses de glace. Les glaciers se forment lorsque la neige reste suffisamment longtemps au même endroit pour se transformer en glace. En raison de la masse de glace qui les recouvre, les glaciers s'écoulent comme des rivières très lentes. Le glacier de Gangotri est l'une des principales sources d'eau du Gange. Il s'agit du deuxième plus grand glacier de l'Inde. Il mesure 30 kilomètres de long et 2 à 4 kilomètres de large, avec un volume estimé à plus de 27 kilomètres cubes.

Autour du glacier se trouvent les sommets du groupe Gangotri, dont plusieurs sont remarquables pour leurs voies d'escalade extrêmement difficiles, comme le Shivling, le Thalay Sagar, le Meru et le Bhagirathi III. Il coule grosso modo vers le nord-ouest et prend sa source dans un cirque situé en dessous https://en.wikipedia.org/wiki/Cirquede Chaukhambahttps://en.wikipedia.org/wiki/Chaukhamba, le plus haut sommet du groupe.

La pointe du glacier de Gangotri, connue sous le nom de Gomukh (qui signifie "bouche de vache"), ressemble à un visage de vache. C'est la source de la rivière Bhagirathi, un affluent majeur du Gange, située à environ 19 km de Gangotri.

Le Bhagirathi devient le Ganga ou fleuve Gange au confluent du Bhagirathi et de l'Alaknanda dans la ville pittoresque de Devprayag.Le Gange, long de 2 525 km, descend des montagnes et passe par Rishikesh, Haridwar, Kanpur, Varanasi, Patna et Murshidabad, arrosant la plaine gangétique du nord de l'Inde.

À l'entrée du Bengale occidental, le fleuve se divise en deux branches : le Hooghly (Adi Ganga) et le Padma. Le Hooghly traverse plusieurs districts du Bengale occidental et se jette dans le golfe du Bengale près de l'île de Sagar. La Padma s'écoule au Bangladesh, où elle fusionne avec la Meghna avant d'atteindre le golfe du Bengale.

Varanasi (Bénarès)

En 1897, Mark Twain a écrit à propos de Varanasi : "Bénarès est plus vieux que l'histoire, plus vieux que la tradition, plus vieux même que la légende, et semble deux fois plus vieux que tous ces éléments réunis".

J'ai vécu et travaillé à Varanasi pendant quelques années. Les chemins menant aux ghats sont très étroits. Même un pousse-pousse ne pouvait pas les traverser. Et il y avait beaucoup de taureaux. Mais heureusement, ils étaient assez civilisés. Mais à certains moments, nous avons dû tirer ou pousser un peu pour passer.

Varanasi est un centre culturel de l'Inde du Nord depuis plusieurs milliers d'années et est étroitement associé au Gange. Varanasi est le lieu le plus sacré de tous les lieux saints de l'hindouisme. Les hindous croient que la mort dans la ville apportera le salut, ce qui en fait un important centre de pèlerinage.

La ville est connue dans le monde entier pour ses nombreux ghats, des talus faits de marches en dalles de pierre, le long de la rivière, où les pèlerins font leurs ablutions rituelles. Les principaux ghats sont le Dashashwamedh Ghat, le Panchganga Ghat, le Manikarnika Ghat et le Harishchandra Ghat. Les deux derniers sont les ghats où les hindous incinèrent leurs morts et où sont conservés les registres généalogiques hindous de Varanasi.

Varanasi est l'une des plus anciennes villes du monde. Le temps semble s'être arrêté ici. Ici, les gens ne sont jamais pressés. Tout le monde a beaucoup de temps. J'avais l'habitude de descendre les ghats presque tous les jours. Très souvent, j'ai aussi fait du bateau dans le Gange.

Gautam Bouddha a fondé le bouddhisme à Sarnath, non loin de là, vers 528 avant notre ère, lorsqu'il a prononcé son premier sermon, "La mise en mouvement de la roue du dharma". Sarnath est un lieu de pèlerinage très important pour les bouddhistes du monde entier.

Au 8e siècle de notre ère, Adi Shankaracharya a fait du culte de Shiva une secte officielle de Varanasi. Le célèbre temple de Shiva, Kashi Vishwanath, est devenu d'autant plus célèbre ces derniers temps que notre Premier ministre Modiji a déclaré que le Gange l'avait appelé à Varanasi.

C'est ici, à Varanasi, que

https://en.wikipedia.org/wiki/TulsidasTulsidasji a écrit son poème épique Ram Charitra Manas sur la vie de Rama. Several other major figures of the Bhakti movement were born in Varanasi, including Kabir and Ravidas. Guru Nanak visited Varanasi for Maha Shivaratri in 1507 CE, a trip that played a large role in the founding of Sikhism. De nombreux travaux de rénovation ont eu lieu à Varanasi. Une grande partie de la touche ancienne a disparu.

J'ai visité le fort de Ramnagar, sur la rive opposée du Gange, qui a été construit au XVIIIe siècle dans le style architectural moghol, avec des balcons sculptés, des cours ouvertes et des pavillons panoramiques. L'actuel roi titulaire Anant Narayan Singh, également connu sous le nom de Maharaja de Varanasi, ou Kashi Naresh, vit dans le fort de Ramnagar. Il y a un petit musée.

Varanasi compte quelque 23 000 temples, dont les plus célèbres sont le temple de Shiva Kashi Vishwanath, le temple d'Hanuman Sankat Mochan et le temple de Durga.

Sagar Island ou Sagar Deep

Le fleuve Ganga se jette dans le golfe du Bengale près de l'île de Ganga Sagar, à environ 100 km de Kolkata. La Ganga Sagar Mela ou foire a lieu le jour de Makar Sankranti, c'est-à-dire le 14 janvier de chaque année. Le voyage vers l'île était si difficile que les pèlerins disaient "Sab Teerth Bar Bar, Ganga Sagar Ek Baar". C'est l'un des rares festivals qui se déroule chaque année à date fixe. Il s'agit de la plus grande foire de l'Inde après la Kumbha Mela d'Allahabad.

Lorsque j'étais à l'école, j'entendais dire que l'île de Ganga Sagar se trouvait sous la mer et qu'elle en sortait une fois par an. Bien sûr, ce n'est pas vrai. J'ai visité l'île pour la première fois en 1986 pour voir la comète de Halley. En fait, Sagar Island est une petite île qui n'a pas d'accès routier direct depuis le continent. Il faut parcourir 3 à 4 km en bateau. Il y a un poste de police, des écoles et des bureaux gouvernementaux.

Une société d'astronomes amateurs de Kolkata avait choisi cet endroit pour observer la comète de Halley parce qu'il était exempt de toute pollution et qu'il n'y avait de l'électricité qu'entre 18 et 21 heures. Nous avons vu la comète de Halley dans un ciel cristallin. Ceux d'entre nous qui survivront pourront voir à nouveau la comète de Halley en 2061.

J'ai visité le Ganga Sagar Mela. L'île est exempte de pollution et ses plages sont immaculées. Il y a le temple Kapil Muni. Le temple d'origine a été emporté par les vagues dans les années 1960. Le temple actuel est d'origine assez récente. Environ 65 lakh pèlerins ont pris le bain sacré en janvier 2024.

L'île de Sagar fait partie des Sundarbans. Mais on n'y trouve ni tigres, ni forêts de mangroves, ni petits affluents de rivières, caractéristiques de l'ensemble du delta des Sunderbans - le plus grand delta du monde.

Sunderbans - le plus grand delta du monde

Sunderbans - le nom lui-même jette un sort magique sur d'innombrables aventuriers du monde entier. C'est en effet une sensation surréaliste que de naviguer dans les eaux saumâtres, au milieu des jungles denses qui abritent les majestueux tigres royaux du Bengale et certains des reptiles les plus venimeux de la planète. Ce chapitre vous aidera à découvrir cette région unique.

Binoy Gupta

Les Sundarbans, site classé au patrimoine mondial de l'UNESCO, sont situés à l'extrémité sud-est du district de 24 Parganas, au Bengale occidental, à environ 110 km de Kolkata. La région des Sundarbans est traversée par des centaines de ruisseaux et d'affluents. C'est l'un des endroits les plus attrayants et les plus séduisants de la planète, un véritable paradis à découvrir.

J'ai visité la région des Sunderbans, notamment pour voir le tigre royal du Bengale. J'y ai passé deux nuits. J'entendais le rugissement des tigres la nuit et je voyais leurs marques de carlin le jour, mais je n'ai pas vu un seul tigre. J'ai vu les plus grandes forêts de mangrove du monde, différentes espèces d'arbres de mangrove uniques, des animaux, des oiseaux, des reptiles et bien d'autres choses encore.

Delta du Gange et du Brahmapoutre (le Delta du Gange)

Le Gange (2 525 km) et le Brahmapoutre (3 848 km) prennent leur source dans l'Himalaya, descendent le long des collines et des plateaux, arrosant respectivement plusieurs États du nord et de l'est de l'Inde, traversent le Bangladesh et pénètrent dans le golfe du Bengale dans la région de Sunderbans, transformant toute la région en le plus grand delta du monde.

Selon le Guinness World Record, il s'agit du "plus grand delta du monde créé par le Gange et le Brahmapoutre au Bangladesh et au Bengale occidental, en Inde". Le delta a la forme d'un triangle et est considéré comme un delta "arqué" (en forme d'arc). Elle couvre plus de 105 000 km2 et se situe principalement au Bangladesh.

Sunderbans et forêts de mangroves

Le mot Sunderban, qui signifie forêt de Sundari, vient de deux mots : Sundari (une espèce de palétuvier - Heritiera fomes - et Ban (forêt) : Sundari (une espèce de palétuvier - Heritiera fomes) et Ban (forêt). La région des Sunderbans est une zone de forêt de palétuviers dans le delta du Gange. Cette région couvre 10 200 km2 de forêts de mangroves réservées.
4 264 km² de ces forêts se trouvent au Bengale occidental, en Inde. Les 6 000 km² restants se trouvent au Bangladesh. Une autre région non forestière et habitée de 5 430 km2 en Inde, au nord et au nord-ouest des forêts de mangrove, est également connue sous le nom de Sunderbans. La zone forestière et non forestière combinée de la région des Sunderbans en Inde s'étend sur 9 630 km².

La région des Sunderbans, d'une superficie de 9 630 km2, est traversée par un labyrinthe complexe de rivières, d'affluents, d'estuaires, de criques et de canaux. 70 % de la zone est couverte d'eau salée et saumâtre. Cette région abrite le tigre royal du Bengale, une variété d'autres animaux, d'oiseaux, de reptiles et d'autres créatures qui se sont adaptés à l'environnement salin unique.

Réserve de tigres de Sunderban

Sunderban est la seule forêt de mangroves au monde à abriter le tigre. En 1973, le gouvernement indien a notifié 2585 km2 de la zone comme étant la réserve de tigres Sunderban en vertu de la loi de 1972 sur la protection de la faune et de la flore et l'a intégrée dans son projet Tiger. Cinq ans plus tard, en 1977, la réserve a été élevée au rang de sanctuaire de la faune.

Le 4 mai 1984, une zone centrale de 1 330 km2 a reçu le statut de parc national. En 1987, l'UNESCO a reconnu le parc comme site du patrimoine mondial. La réserve de tigres de Sunderban compte plus de tigres que n'importe quelle autre réserve de tigres dans le monde. Voici les chiffres officiels concernant les tigres dans les Sunderbans. Sur les 215 tigres des Sunderbans, 101 se trouvent en Inde et 114 au Bangladesh.

1972	1979	1984	1989	1993	1995	1997	2001-02*	2018	2019	2023
60	205	264	269	251	242	263	245	214	210	215

Note : Le nombre de tigres en Inde est proche de la capacité d'accueil des forêts de mangrove, estimée à 4,68 tigres pour 100 kilomètres carrés.

Malgré la présence des tigres, dont beaucoup sont des mangeurs d'hommes, les villageois locaux s'aventurent dans les forêts pour récolter du miel ou couper du bois. Parfois, ils sont attaqués par des tigres et près d'un quart d'entre eux sont tués.

Les villageois adorent Bonbibi (la divinité locale de la forêt) et Dakshin Ray (un démon qui prendrait la forme d'un tigre) pour se protéger des tigres. Les tigres attaquent généralement par l'arrière. C'est pourquoi, lorsqu'ils se déplacent dans les forêts, les villageois portent des masques de couleur vive derrière la tête dans l'espoir de tromper les tigres.

Quelques faits uniques sur les tigres de Sunderban

1.   Dans le delta des Sunderbans, le tigre est le principal prédateur de l'écosystème aquatique et terrestre.

2.   Environ 17,5 % de la nourriture du tigre provient de sources aquatiques comme le poisson.

3.   Un tigre a besoin de 7,5 kg de viande par jour.

4.   Un tigre sauvage a besoin d'un espace de 10 km2 pour se déplacer.

5.   Seuls 5 % des tigres des Sunderbans sont des mangeurs d'hommes.

6.   La femelle s'occupe des petits jusqu'à 18 mois. Les mâles ne tolèrent généralement pas les petits.

Pendant les deux périodes de marées maximales de février et de mai, les marques territoriales des tigres dans les Sundarbans sont effacées par les marées quotidiennes. Pendant cette période, les tigres semblent désorientés et on les retrouve souvent en train de nager à travers les rivières et les ruisseaux, traversant des rivières d'une largeur pouvant aller jusqu'à 8 km.

Pendant la période de maturation du riz, les tigres pénètrent à plusieurs kilomètres à l'intérieur des rizières et s'attaquent au bétail qui s'y trouve.

Les victimes les plus faciles des tigres mangeurs d'hommes sont les coupeurs de bois, les pêcheurs et les collecteurs de miel. Les pêcheurs sont les plus touchés.

Réserve de biosphère de Sunderban

Afin de coordonner et d'intégrer les activités de conservation, de recherche et de formation dans la vaste région des Sunderbans, le gouvernement indien a notifié, le 29 mars 1989, que l'ensemble de la région de 9 630 km² constituait la réserve de biosphère des Sunderbans. Plus de trente lakhs vivent dans cette réserve de biosphère de Sunderban.

En novembre 2001, l'UNESCO a reconnu la réserve de biosphère de Sunderban dans le cadre de son programme MAB (Man and Biosphere).

Habitat intertidal unique

L'eau des nombreuses rivières, criques et canaux du delta des Sunderbans monte et descend au rythme des marées. L'eau salée de la mer entre et sort - deux fois par jour - faisant de la région l'un des terrains les plus inhospitaliers à vivre. La plupart des créatures présentes ici - animaux et plantes, terrestres et aquatiques - ont développé des adaptations uniques pour survivre. Par exemple, le tigre est un bon nageur. Il a appris à pêcher.

Dans les forêts de mangroves, au bord de l'eau, vous trouverez l'unique "mud skipper", un poisson qui marche sur la terre ferme et peut même grimper aux arbres. Ses nageoires se sont transformées en deux petites nageoires en forme de bras, qui lui permettent de se déplacer sur la terre ferme. Les marelles peuvent respirer grâce à leur peau et à la muqueuse de leur bouche et de leur gorge. Il y a de nombreux crabes violonistes rouge sang.

J'ai adoré les poissons de boue et j'ai voulu en ramener quelques-uns pour mon aquarium. Mais il ne m'aurait pas été possible de créer l'environnement adéquat - la montée et la descente de l'eau deux fois par jour. J'ai vu des aquariums en dehors de l'Inde qui imitaient cet environnement.

Les palétuviers ont développé d'étranges racines aériennes. Les pores de leurs racines se ferment à marée haute et s'ouvrent à marée basse.

Vie animale et ornithologique dans les Sunderbans

J'ai trouvé assez surprenant qu'en dehors du tigre, il y ait beaucoup de cerfs, de sangliers, de singes, de chats de jungle et de chats pêcheurs sur le terrain hostile des Sunderbans. Il existe un certain nombre de mammifères aquatiques - dauphins et marsouins - le dauphin du Gange, le dauphin à bosse de l'Indo-Pacifique, le dauphin de l'Irrawaddy et le marsouin aptère.

On y trouve plusieurs reptiles : la terrapine de rivière, l'olivier de Ridley, le crocodile estuarien (le plus grand crocodile du monde), le varan, le varan d'eau et le python indien. J'ai gardé un python comme animal de compagnie en 1968. Mais cela n'est plus possible aujourd'hui en raison de la sévère loi indienne de 1972 sur la protection de la faune et de la flore sauvages.

La région est riche en oiseaux. Les oiseaux aquatiques sont nombreux : cigogne asiatique à bec ouvert, cigogne à cou noir, grande cigogne, ibis blanc, francolin des marais, martin-pêcheur à collier blanc, martin-pêcheur à tête noire, martin-pêcheur à ailes brunes, etc. Un certain nombre d'oiseaux migrateurs viennent également de contrées lointaines.

On y trouve plusieurs espèces d'oiseaux des marais - aigrettes, hérons pourpres et hérons à dos vert. On y trouve également un certain nombre d'oiseaux de proie : balbuzard, aigle pêcheur de Pallas, aigle de mer à ventre blanc, aigle pêcheur à tête grise, faucon pèlerin, hobereau oriental, hibou grand-duc et chouette brune.

Comment se rendre à Sunderbans

J'ai le sentiment que les Sunderbans n'ont pas reçu toute l'attention et la publicité qu'ils méritent et qu'ils restent une destination mystérieuse. Le point de départ est Kolkata (Calcutta). Depuis Kolkata, il y a deux itinéraires : l'un va vers le sud en direction du sud-ouest, l'autre va vers le sud en direction du sud-est. Dans les deux cas, vous devez parcourir environ 100 km. La route est très bonne. Il faut ensuite traverser en bateau.

J'ai emprunté la route du sud-est qui est la plus populaire. J'ai traversé 100 km de zones humides pittoresques, de champs agricoles, d'écloseries de poissons et de la véritable campagne du Bengale occidental pour atteindre Sonakhali. De là, j'ai pris une navette de 3 heures pour me rendre à Sajnekhali.

Pendant le trajet en bateau, j'ai traversé un certain nombre de villages du Bengale occidental de part et d'autre de la rivière. La plupart des habitants du village pratiquaient une forme de pêche. J'ai vu des femmes et des enfants tirer des filets de pêche pour attraper des alevins de crevettes tigrées. Ils sont loin de se douter que cela nuit gravement à l'écosystème.

Sanctuaire d'oiseaux de Sajnekhali

J'ai visité la réserve ornithologique de Sajnekhali. Il est situé au confluent des rivières Matla et Gumdi. J'ai vu une grande variété d'oiseaux - pélican à bec tacheté, sarcelle d'hiver, goéland argenté, sterne caspienne, héron gris, grande aigrette, bihoreau, cigogne à bec ouvert, ibis blanc, martin-pêcheur, milan Brahmini et gobe-mouches du paradis. Les forestiers nous ont dit que je pouvais voir le bécasseau d'Asie (Limnodromus semipalmatus), un oiseau migrateur rare, pendant les mois d'hiver.

SudhanyakhaliJ'ai

visité cet endroit. Il possède un parc de mangroves créé par l'homme et doté d'une tour de guet. Les forêts des Sunderbans comptent environ 64 espèces de plantes. J'ai vu la plupart d'entre eux ici. Depuis la tour de guet, je pouvais apercevoir au loin des cerfs, des surveillants d'eau, etc.

Projet Crocodile de Bhagabatpur

J'ai visité le Bhagabatpur Crocodile Project. Il y a une écloserie et un centre d'élevage du plus grand crocodile estuarien du monde.

Il y a d'autres endroits intéressants à voir comme l'île Halliday, l'île Lothian, Kanak et Netidhopani. Le sanctuaire de faune de l'île Halliday et le sanctuaire de faune de l'île Lothian se trouvent au sud des Sunderbans. Ces sanctuaires ne font pas partie de la réserve de tigres.

L'île Halliday est le lieu de résidence du timide cerf aboyeur. Kanak est le lieu de nidification des tortues olivâtres, qui passent la majeure partie de leur vie dans les mers et les océans. Ces tortues parcourent de longues distances pour se reproduire dans les eaux côtières peu profondes, parcourant souvent jusqu'à 100 km entre la mer et les rivières.

J'ai visité les ruines d'un temple vieux de 400 ans à Netidhopani et j'ai réfléchi à l'histoire de la région.

Piyali

Piyali, situé à 72 km de Kolkata, est en fait une porte d'entrée vers les Sunderbans. C'est un beau lieu de repos. Mais je ne me suis pas arrêté là. J'ai visité les Sunderbans en octobre, lorsqu'il ne faisait pas trop chaud. Vous pouvez visiter l'endroit toute l'année, sauf pendant la mousson.

Un voyage dans les Sunderbans est une expérience unique. Un voyage vers le néant. Loin de la civilisation, dans le pays mystérieux du puissant tigre du Bengale. Vous ne verrez peut-être pas le tigre, mais il y a beaucoup à voir........ et aussi le véritable Bengale rural et sa culture.

Sajnekhali Tourist Lodge et Sajnekhali Bird Sanctuary

J'ai séjourné au Sajnekhali Tourist Lodge, un établissement respectueux de l'environnement situé à Sajnekhali. Il est entretenu par la West Bengal Tourism Development Corporation Ltd. Il est rustique, simple et assez abordable. C'est le seul lodge situé à l'intérieur du parc national des Sunderbans. J'ai passé un peu de temps dans le centre d'interprétation des mangroves et j'ai vu des films sur la vie sauvage, ce qui m'a permis de dissiper mes doutes.

Si vous souhaitez plus de luxe, vous pouvez séjourner au Sunderban Tiger Camp, juste de l'autre côté de la rivière, en face de Sajnekhali. Si vous souhaitez un forfait complet sans tracas, vous pouvez réserver une croisière aller-retour de 3 jours/2 nuits ou de 4 jours/3 nuits au départ de Kolkata. Il est un peu cher.

Vous pouvez même louer une vedette privée et planifier votre itinéraire individuel.

Dinosaures et fossiles

La technologie a un grand avantage : nous sommes capables de créer des dinosaures et de les montrer à l'écran, même s'ils ont disparu il y a 65 millions d'années. Tout d'un coup, nous disposons d'un outil fantastique qui est à la hauteur des rêves.

Werner Herzog

J'ai eu le rare privilège de visiter un parc de dinosaures et un parc de bois fossile, tous deux en Inde. Ce furent des expériences inoubliables. J'ai été transformé en remontant le temps - des millions d'années. La plupart des gens ne connaissent même pas l'existence de ces lieux uniques.

Les films d'animation, comme Jurassic Park et ses suites, ont éveillé l'imagination de l'homme et de l'enfant ordinaires et nous ont fait rêver de dinosaures. Je rêvais aussi de rencontrer un dinosaure un jour.

Le fait est qu'il n'existe pas de véritables parcs jurassiques ni de dinosaures vivants sur terre. Mais il existe des parcs fossilifères qui sont aussi intéressants que les parcs jurassiques fictifs. On peut y voir des fossiles de dinosaures et des modèles merveilleusement conçus à partir de ces fossiles et laisser libre cours à son imagination.

Fossiles

Les fossiles ressemblent à des pierres. Mais il s'agit de restes ou de traces d'animaux (comme des empreintes de pas), de plantes et d'autres organismes, minéralisés ou préservés d'une autre manière.

DinosauresLes dinosaures sont des reptiles préhistoriques éteints qui ont parcouru la terre pendant environ 165 millions d'années, depuis le milieu et la fin du Trias de l'ère mésozoïque, il y a environ 230 millions d'années, jusqu'à la fin du Crétacé, il y a environ 65 millions d'années.

Richard Owen a inventé le nom de Dinosaure

Les scientifiques ont commencé à étudier les dinosaures dans les années 1820, lorsqu'ils ont découvert les ossements d'un grand reptile terrestre enterré dans la campagne anglaise. En 1842, Sir Richard Owen, le plus grand paléontologue britannique (scientifique spécialisé dans l'étude des fossiles), a examiné des os de trois créatures différentes : Megalosaurus ("grand lézard"), Iguanadon ("dent d'iguane") et Hylaeosaurus ("lézard des bois").

Chacune de ces créatures vivait sur la terre ferme, était plus grande que n'importe quel reptile vivant, marchait avec les jambes directement sous le corps, au lieu de les étendre sur les côtés, et avait trois vertèbres de plus dans les hanches que les autres reptiles connus. Owen a théorisé que les trois formaient un groupe spécial de reptiles, qu'il a nommé Dinosauria, ou Dinosaures, du mot grec deinos ("terrible") et sauros ("lézard" ou "reptile").

Depuis, des fossiles de dinosaures ont été découverts dans le monde entier et étudiés par les paléontologues. Les fossiles sont la preuve de la vie passée sur la planète. À partir de ces fossiles, les paléontologues sont en mesure de reconstituer l'apparence de la créature en question.

Les paléontologues ont traditionnellement divisé le groupe des dinosaures en deux ordres : les ornithischiens et les sauriens. À partir de là, les dinosaures ont été divisés en de nombreux genres (par exemple Tyrannosaurus ou Triceratops), et chaque genre en une ou plusieurs espèces.

Certains dinosaures étaient bipèdes, c'est-à-dire qu'ils marchaient sur deux pattes. Certains marchaient sur quatre pattes (quadrupèdes) et d'autres étaient capables de passer de l'un à l'autre. Certains dinosaures étaient recouverts d'une sorte de cuirasse. Certains avaient des plumes, comme les oiseaux modernes qui leur sont apparentés. Certains se déplaçaient rapidement, tandis que d'autres étaient lents et lourds. La plupart des dinosaures étaient herbivores, c'est-à-dire qu'ils mangeaient des plantes, mais certains étaient carnivores et chassaient ou charriaient d'autres dinosaures.

À l'époque où les dinosaures vivaient, tous les continents de la Terre étaient reliés en une seule masse terrestre, un super continent connu aujourd'hui sous le nom de Pangée, entouré d'un énorme océan, la Panthalassa. Au début de la période jurassique (il y a environ 200 millions d'années), la Pangée a commencé à se séparer en continents distincts, entraînant avec eux les dinosaures.

La fin des dinosaures

Les dinosaures ont mystérieusement disparu à la fin du Crétacé, il y a environ 65 millions d'années. De nombreux autres types d'animaux et de nombreuses espèces de plantes ont également disparu à la même époque. Plusieurs théories ont été formulées pour expliquer cette extinction massive. Selon une théorie, la cause de l'extinction massive est une grande activité volcanique ou tectonique qui s'est produite à cette époque.

Selon une autre théorie, il y a environ 65,5 millions d'années, un astéroïde géant a heurté la Terre, atterrissant avec la force de 180 billions de tonnes de TNT (un explosif) et répandant une énorme quantité de cendres sur toute la surface de la Terre. Privées d'eau et de soleil, les plantes et les algues sont mortes, tuant tous les herbivores de la planète. Les carnivores ont survécu sur les carcasses des herbivores pendant un certain temps, puis ils sont morts à leur tour.

Dinosaures en Inde - Raiyoli, village près de Balasinor (95 km d'Ahmedabad)

L'Inde a également eu sa part de dinosaures. Peu d'entre nous savent que le village de Raiyoli, près de Balasinor dans le Gujarat, à environ 95 km d'Ahmedabad, est l'un des plus grands sites de fossiles de dinosaures au monde. Des paléontologues du Geological Survey of India sont tombés sur les ossements d'une espèce de dinosaures non encore découverte à Raiyoli en 1983.

Mais ce n'est qu'en 2001, soit près de vingt ans plus tard, que des paléontologues d'universités américaines sont venus étudier les fossiles. Ils se sont rendu compte qu'ils possédaient le squelette partiel d'une espèce de dinosaure encore inconnue et l'ont baptisé Rajasaurus Narmadensis, ce qui signifie "dinosaure royal de la Narmada".

Au moins 13 espèces différentes de dinosaures ont vécu ici.

On y trouve un site de nidification de dinosaures fossilisés et un cimetière préhistorique. Un parc de fossiles de dinosaures a été construit sur le site, avec une zone clôturée s'étendant sur plus de 70 acres. Il vaut la peine d'être vu.

La meilleure façon d'étudier les dinosaures est de suivre une visite guidée du site organisée par la charmante princesse Aaliya Sultana Babi, princesse de l'ancien État princier de Balasinor, qui a une grande passion et une grande expertise pour les fossiles de la région, ayant travaillé en étroite collaboration avec les paléontologues qui ont visité la région. Vous pouvez également séjourner dans son hôtel patrimonial.

Le département du tourisme du Gujarat, la commission écologique du Gujarat et les autres départements concernés devraient saisir l'UNESCO pour créer un parc de dinosaures de classe mondiale dans cette région.

Indroda Dinosaur and Fossil Park, Gandhinagar (16 km d'Ahmedabad)

Il n'est pas nécessaire d'aller jusqu'à Raiyoli, près de Balasinor, pour voir des dinosaures. Vous pouvez les voir à l'Indroda Dinosaur and

Fossil Park, qui s'étend sur 428 hectares de part et d'autre des rives de la Sabarmati à Gandhinagar, Ahmedabad, dans le Gujarat.

Indroda Dinosaur and Fossil Park est la deuxième plus grande écloserie d'œufs de dinosaures au monde. Le parc a été créé par le Geological Survey of India et est le seul musée de dinosaures en Inde. Certains des fossiles de dinosaures découverts à Raiyoli, près de Balasinor, ont été apportés au Indroda Dinosaur and Fossil Park.

J'ai visité le parc qui s'étend sur 428 hectares. Le parc comprend trois parties : un jardin botanique avec une grande variété d'herbes médicinales, un zoo avec une grande variété d'oiseaux et d'animaux, et la section des dinosaures, qui contient des fossiles de dinosaures provenant du village de Raiyoli, près de Balasinor, à environ 90 minutes de Gandhinagar.

La section du parc consacrée aux dinosaures présente des modèles grandeur nature de plusieurs dinosaures - Tyrannosaurus rex, Megalosaurus, Titanosaurus, Barapasaurus, Brachiosaurus, Antarctosaurus, Stegosaurus et Iguanodondinosaures - ainsi que des détails sur l'époque à laquelle ils ont existé et les caractéristiques des animaux.

Les œufs fossiles exposés dans le parc sont de tailles diverses, allant de l'œuf de canard au boulet de canon. Les œufs racontent qu'il y a environ 65 millions d'années, le parc aurait pu être le repaire des dinosaures. C'est ici que j'ai vu pour la première fois des œufs de dinosaures et d'autres fossiles de dinosaures.

Les paléontologues pensent qu'au moins sept espèces de dinosaures ont vécu ici et les chercheurs ont découvert des fossiles d'environ 10 000 œufs de dinosaures, ce qui fait de Raiyoli, près de Balasinor, l'une des plus grandes écloseries du monde.

Des œufs et des os de dinosaures découverts dans le Maharashtra

Des œufs de dinosaures et d'autres fossiles ont été découverts dans d'autres régions de l'Inde. Des ossements fossilisés de dinosaures et des œufs de créatures gigantesques mesurant environ 18 à 20 mètres et pesant 10 à 13 tonnes ont été découverts dans la région de Salbardi, à environ 60 km d'Amravati, dans l'est de l'État du Maharashtra.

Des œufs de dinosaures découverts dans un député

Des œufs de dinosaures ont été découverts dans la ceinture de Dhar-Mandla, riche en fossiles, dans le Madhya Pradesh. Les braconniers vendaient ces œufs pour seulement 500 roupies.

Œufs de dinosaures et fossiles dans d'autres endroits de l'Inde

Des œufs et des fossiles de dinosaures ont également été découverts dans d'autres endroits en Inde. Mais les riches découvertes du Gujarat sont tout simplement incroyables. Je vous conseille de visiter l'endroit même si vous ne vous intéressez pas aux dinosaures.

Bois pétrifié ou bois fossilisé

Les troncs d'arbres et autres parties d'arbres ne peuvent pas survivre très longtemps. Ils ont tendance à se dégrader. Mais dans des conditions favorables, après des millions d'années, les arbres se transforment en bois pétrifié. Le mot "pétrifié" vient du mot grec "petro" qui signifie "roche" ou "pierre". Le mot pétrole vient également de "petro". Le bois pétrifié, qui signifie littéralement "bois transformé en pierre", est un type de fossile.

Il s'agit en fait de bois fossile dont toutes les matières organiques ont été remplacées par des minéraux (le plus souvent un silicate, comme le quartz) tout en conservant la structure originale du bois. Le processus de pétrification se produit généralement sous terre, lorsque le bois est enfoui sous des sédiments et qu'il est initialement préservé en raison du manque d'oxygène.

L'eau riche en minéraux qui circule dans les sédiments dépose des minéraux dans les cellules de la plante. La lignine et la cellulose de la plante se décomposent. Un moule en pierre se forme à sa place. Les éléments tels que le manganèse, le fer et le cuivre présents dans l'eau ou la boue pendant le processus de pétrification donnent au bois pétrifié une variété de couleurs.

Le bois pétrifié peut préserver la structure originale du bois, y compris les cernes et les structures tissulaires, dans tous ses détails, jusqu'au niveau microscopique. Le bois pétrifié est très dur, avec une dureté de 7 sur l'échelle de Mohs - la même que celle du quartz.

Parc national de la forêt pétrifiée (Arizona, États-Unis)

Le parc national de la forêt pétrifiée, en Arizona (États-Unis), abrite l'une des concentrations de bois pétrifié les plus importantes et les plus colorées au monde, principalement de l'espèce Araucarioxylon arizonicum. Mais il n'est pas nécessaire d'aller jusqu'aux États-Unis pour voir des arbres pétrifiés. Vous pouvez les voir en Inde.

National Fossil Wood Park, Tiruvakkarai (21 Km de Puducherry)

Mon travail officiel m'amenait assez souvent à Puducherry (Pondichéry). Puducherry est une belle ville pittoresque qui conserve les vestiges de son passé colonial français. L'ashram d'Aurobindo et la plage sont irrésistibles.

J'ai lu qu'il existait un parc à fossiles dans la région et j'ai demandé à mes agents de le localiser. Après quelques recherches, ils ont localisé le National Fossil Wood Park à Tiruvakkarai, dans le district de Villupuram au Tamil Nadu.

Le National Fossil Wood Park, Tiruvakkarai, situé à environ 21 km de Puducherry, est un parc géologique géré par le Geological Survey of India. Elle a été créée en 1940.

Mes officiers et moi-même nous y sommes rendus. Il y avait une clôture en fil de fer de 3 pieds de haut avec une porte cadenassée. N'importe qui aurait pu sauter par-dessus la clôture et emporter ce qu'il voulait. Mais il est évident qu'en raison de ma position, nous ne pouvions pas le faire. Nous devions conserver notre dignité. Nous avons donc envoyé quelqu'un pour localiser le garde dans le village voisin et nous ne sommes entrés dans le parc fossilifère qu'après son arrivée. Il me présente un petit bloc de bois fossilisé. Je l'ai encore aujourd'hui.

Fossiles de bois

Le parc se compose de neuf enclaves, couvrant environ 247 acres (100 ha - environ 1 km²), mais seule une petite partie de ces 247 acres est ouverte au public. Le parc compte environ 200 arbres fossilisés. Leur taille varie de 3 à 15 mètres (9,8 à 49,2 pieds). Certains d'entre eux mesurent jusqu'à 5 mètres de large. Elles sont éparpillées et partiellement enterrées dans le parc. Il ne reste ni branches ni feuilles sur les troncs fossilisés.

The petrified wood fossils scattered throughout the park are approximately 20 million years old. Les scientifiques pensent que les fossiles ont été formés lors d'inondations massives survenues il y a des millions d'années. Les fossiles sont bien conservés grâce à une importante pétrification. Les anneaux annulaires des arbres et les structures des fosses sont clairement visibles, ce qui permet de déterminer leur âge en comptant les anneaux.

Bien sûr, il existe quelques autres endroits où l'on peut voir des arbres fossilisés, mais le National Fossil Wook Park. Tiruvakkarai est unique.

Ladakh - le pays énigmatique de la neige et du sable

Ladakh - L'énigmatique terre de sable et de neige et l'adepte de la religion Bon que le temps a oubliée.

Le Ladakh est le pays énigmatique du sable et de la neige. Vous avez bien lu : sable et neige ! J'y suis monté sur des chameaux à deux bosses. J'ai traversé des montagnes et des glaciers recouverts de glace. Je n'ai pas pu atteindre le désert à cause d'un barrage routier causé par la panne d'un camion.

Religion originelle du Ladakh

Les habitants du Ladakh sont majoritairement bouddhistes. Le Ladakh a été profondément influencé par le bouddhisme tibétain, qui suit les écoles Mahayana et Vajrayana. Dans ces formes de bouddhisme, Bouddha est vénéré comme une divinité qui a atteint le Nirvana (la libération du cycle des naissances et des morts).

Les nombreuses incarnations du Bouddha, appelées bodhisattvas, sont également vénérées dans les nombreux monastères. Mais la religion d'origine était le Bon. Très peu de gens connaissent l'histoire intéressante de la religion Bon au Ladakh et au Tibet.

Bon - avant le bouddhisme

J'étais très curieuse d'en savoir plus sur le Bon, l'ancienne religion du Ladakh. La religion originelle du Ladakh (et aussi du Tibet) n'était pas le bouddhisme mais le bön, fondé par Tönpa Shenrab, ou gShen-rab mi-bo (également connu sous le nom de Bouddha Shenrab, Guru Shenrab, Tonpa Shenrab Miwoche, Lord Shenrab Miwo, et d'autres titres). gShenrab mi-bo est le fondateur de la http://en.wikipedia.org/wiki/B%C3%B6nreligion bön et occupe une position très similaire à celle de Bouddha dans le bouddhisme.

Comme le Bouddha, Tönpa Shenrab était de naissance royale. Tönpa Shenrab a quitté sa maison royale à l'âge de 31 ans pour suivre la voie de l'illumination, à l'instar de Bouddha. Tönpa Shenrab embrassa la vie de renonçant et commença des austérités, répandant le dharma dans le pays de Zhangzhung, près de ce que l'on croit être le mont Kailash.

Nous ne disposons d'aucune source fiable pour établir son historicité, ses dates, son origine raciale, ses activités et l'authenticité de l'énorme quantité de livres qui lui sont attribués directement ou que l'on croit être sa parole.

Ces derniers, les Bonpos, disent les adeptes du Bon, ont été rédigés après sa mort, de la même manière que les écritures bouddhistes ont été rassemblées. Il n'existe pas de documents antérieurs au 10e siècle qui nous éclairent sur des activités telles que sa visite au Tibet.

Une nouvelle vague de bouddhisme est entrée au Ladakh lorsque la secte réformiste du Gelugpa, créée par Tsongkhapa, a permis le rétablissement des monastères au XVe siècle. La plupart des anciens sanctuaires de la religion Bon ont été convertis en monastères bouddhistes.

Depuis 1979, le Bon a reçu une reconnaissance officielle de son statut de groupe religieux, avec les mêmes droits que les autres écoles bouddhistes. Le Dalaï Lama l'a réaffirmé en 1987, interdisant également toute discrimination à l'encontre des Bonpos, estimant qu'elle était à la fois antidémocratique et autodestructrice. Il a même revêtu l'attirail rituel Bon, soulignant "l'égalité religieuse de la foi Bon". Le Dalaï Lama considère désormais le Bon comme la cinquième religion tibétaine et l'a fait représenter au Conseil des affaires religieuses à Dharamshala.

La mythologie du bouddhisme tibétain contient de nombreuses histoires d'esprits et de démons. Ces représentations des qualités bonnes et mauvaises sont représentées sous forme de masques et leurs histoires sont mises en scène sous forme de danses masquées lors des festivals annuels dans les différents Gompas (lieux de culte) du Ladakh.

Les bouddhistes du Ladakh considèrent Sa Sainteté le Dalaï Lama comme leur chef spirituel suprême et l'incarnation vivante du Bouddha.

Ma visite au Ladakh

Depuis plusieurs années, j'envisageais de visiter le Ladakh. J'ai même réservé un vol pour Leh. Mais pour une raison ou une autre, le voyage a dû être annulé. Finalement, j'ai décidé de partir en avril 2008. Maintenant, plus rien ne peut m'arrêter.

J'ai téléphoné à quelques hôtels et agences de voyage à Leh. Ils m'ont dit qu'il y avait trop de glace et de neige. Il se peut que je ne puisse pas me déplacer en dehors de l'hôtel et que je doive reporter ma visite de quelques semaines. Mais j'étais très heureuse car je voulais voir la glace et la neige - plus on est de fous, plus on rit.

À l'époque, il n'y avait pas de vol direct entre Mumbai et Leh. J'ai pris un vol de nuit pour New Delhi, puis un vol matinal de New Delhi à Leh. Il existe désormais des vols directs à partir de Mumbai. L'avion survole les plaines, puis les collines brunes et noires. Soudain, j'ai aperçu l'Himalaya au loin. L'avion a survolé les montagnes couvertes de glace à une altitude de 36 000 pieds.

Nous avons d'abord survolé la chaîne de l'Himalaya. Nous avons ensuite survolé la chaîne du Zanskar. En contrebas, nous pouvions voir de grands glaciers qui se terminaient par des langues d'eau scintillante, qui se combinaient pour former les puissantes rivières qui arrosent les plaines. Au loin, on aperçoit la chaîne du Ladakh.

Soudain, tout ce qui se trouve en dessous devient d'un blanc éblouissant. L'avion passe au-dessus de montagnes enneigées, de plaines gelées et de glaciers. Lors de la descente de l'avion, nous avons survolé des rivières et des lacs étincelants. Enfin, l'avion est entré dans l'aérospatiale Leh. Au loin, j'aperçois des monastères accrochés aux sommets des montagnes.

LehLeh, la capitale du Ladakh, est située dans un berceau entre les chaînes de montagnes du Zanskar et du Ladakh. Le Ladakh n'a pas de gare ferroviaire. Lorsque j'ai atterri à Leh, tout était couvert de glace et de neige. Et c'est ce que je voulais voir. J'ai loué un taxi pour m'emmener à notre hôtel. Le toit de tous les taxis et autres véhicules était recouvert de neige. Les jardins et les toits des hôtels sont recouverts d'une épaisse couche de neige.

Leh se trouve à une altitude de 3 521 mètres. La teneur en oxygène de l'atmosphère est assez faible. Un effort trop important le premier jour peut provoquer le mal des montagnes. On m'a conseillé de passer le premier jour à l'hôtel pour permettre à mon corps de s'acclimater à l'environnement de haute altitude. Mais je n'ai pas pu me retenir. Le soir, j'ai flâné sur la place du marché. L'air raréfié m'a coupé le souffle.

Visites guidées à Leh et dans ses environs

J'ai passé les deux jours suivants à visiter les sites de Leh et de ses environs. J'ai visité le palais historique de neuf étages construit par le roi Sengge Namgyal en 1533 sur une colline surplombant Leh. Ce palais a inspiré la conception du célèbre palais du Potala de Lhassa (Tibet), construit un demi-siècle plus tard. J'ai escaladé les neuf étages, parcouru les couloirs moisis et exploré les chambres secrètes. Mais même un peu de marche et d'escalade m'essoufflait. J'ai dû m'arrêter plusieurs fois et inspirer profondément pendant quelques minutes pour revenir à la normale.

J'ai visité le Shanti Stupa, situé sur une colline à l'extérieur de Leh. Ce Stupa, réalisé par une organisation japonaise, a une touche japonaise distincte. Il été inauguré par le Dalaï Lama en 1985. De cet endroit, j'avais une vue panoramique sur l'ensemble de Leh. J'ai visité la résidence d'été du Dalaï Lama à Choklamsar, un village situé à l'extérieur de Leh, qui est simple mais charmante, avec ses deux étages et son toit doré.

Lac Pangong (140 km)

L'une des principales attractions du Ladakh est le magnifique lac Pangong. Ce lac de 6 km de long et de 130 km de large est un lieu de prédilection pour les réalisateurs de films de Bollywood. Il est situé à 4350 mètres d'altitude et s'étend jusqu'au Tibet. Je prévoyais de revenir le jour même. J'ai quitté Leh tôt. Mais si vous visitez le lac, essayez d'y passer une nuit.

J'ai visité le palais et le monastère de Shey (15 km), le monastère de Thiksey (20 km) et les monastères de Hemis et Chemrey (tous deux à 40 km), en cours de route, et j'ai atteint le col de Changla (17 350 pieds). J'ai adoré l'ambiance paisible et les tambours de prière dans tous ces monastères. Le col du Changla, le troisième plus haut du monde, était si captivant que j'ai décidé d'y passer un peu de temps. J'ai passé beaucoup de temps à m'amuser. J'ai marché sur la glace, qui m'arrivait jusqu'aux genoux par endroits. J'ai roulé dans la neige. Nous avons construit un bonhomme de neige, pris du thé et des biscuits avec les Jawans qui gardent les frontières indiennes et discuté de leurs familles très, très, très loin.

Monastère de Lamayuru (125 kms)

Un jour, j'ai entrepris de visiter le monastère de Lamayuru, l'un des plus anciens sites religieux du Ladakh. En chemin, j'ai traversé des collines arides. Mais étonnamment, les couleurs des collines étaient remarquablement différentes - Blanche-Neige. Blues. Les roses et les mauves. J'avais l'impression d'être sur la Lune. J'ai longé l'étincelant fleuve Indus, qui glougloute au cours de son long voyage vers les plaines, et j'ai traversé des vergers d'abricotiers en pleine floraison. Dans le village situé en contrebas du monastère de Lamayuru, j'ai vu des Yaks et des moutons Pashmina, qui nous donnent la laine la plus fine du monde. Il y a peu de Yaks à l'état sauvage au Ladakh. Mais ils vivent à plus de 3 200 mètres d'altitude. Les Yaks ont des poumons très larges pour vivre dans cette atmosphère raréfiée.

En chemin, j'ai visité le monastère de Lekir (52 km) et le monastère d'Alchi (70 km) - le seul monastère du Ladakh construit sur un terrain plat. J'ai visité l'unique Magnetic Hill (30 km) qui défie apparemment la loi de la gravité - un véhicule garé au point mort sur la route métallique glisse jusqu'en haut de la colline.

J'ai vu le sangam (point de rencontre) des rivières Indus et Zanskar (17 km) à Nimu. Un spectacle vraiment fascinant.

Vallée de la Nubra via Khardung La

Je voulais visiter la vallée de la Nubra, également connue sous le nom de vallée des fleurs. La route de Leh passe par le col de Khardung La (40 km), à 5602 mètres au-dessus du niveau de la mer, l'une des plus hautes routes carrossables du monde.

Mais je n'ai pas pu franchir le col. Un camion est tombé en panne, bloquant la route étroite et disloquant toute la circulation. Je suis donc sorti et j'ai joué dans la neige. J'ai rencontré un couple de cyclistes qui avaient parcouru 5000 km en moto pour atteindre le col de Khardung La. Eux aussi ont dû faire demi-tour.

Depuis le col, j'aurais pu descendre jusqu'au village de Diskit, le quartier général de la vallée de Nubra, traverser de véritables dunes de sable à dos de chameau bactérien (à double bosse) jusqu'au village de Hunder en deux heures environ, et même visiter un certain nombre de sources d'eau chaude près du village de Panamik. Mais la chance en a voulu autrement.

J'ai trouvé un centre gouvernemental d'élevage de chameaux à la périphérie de Leh et je suis monté sur des chameaux bactériens (à double bosse).

Pratiques anciennes et uniques

Le Ladakh est un lieu hors du commun, d'une pittoresque et d'une ancienneté uniques. Il semble qu'elle ait été perdue dans les pages de l'histoire. J'ai appris que, traditionnellement, les familles ladakhi donnaient un fils pour devenir lamas (cette pratique disparaît progressivement). Les monastères les éduquent et les forment.

En Thaïlande également, les familles ont l'habitude d'envoyer leurs fils dans des monastères pour qu'ils y vivent comme des moines pendant un mois ou deux.

Médecine tibétaine

La médecine tibétaine est un ancien système de médecine basé sur le système de médecine bouddhiste indien développé par Bouddha lui-même il y a environ 2500 ans. Ce système de santé indigène joue un rôle important dans les soins de santé des communautés ladakhi. Au Ladakh, les praticiens de ce système sont connus sous le nom d'"Amchi". Les compétences sont généralement transmises de père en fils ou en fille au sein du village. De nombreux Amchis en sont à la sixième génération. Les Amchis fournissent des soins de santé gratuits aux villageois. Ils sont généralement très compétents, même en astronomie et en astrologie. Très souvent, ils sont également de solides dirigeants communautaires ou des chefs de village.

En retour, les villageois respectent les Amchis et les aident dans leurs activités agricoles et leurs offrandes. J'ai rencontré un Amchi, l'un des médecins traditionnels du village, qui offre des services médicaux gratuits aux villageois, même à l'ère de l'égoïsme moderne. Les nouveaux Amchis doivent passer leur examen de fin d'études oralement devant tout le village. Ils sont examinés par un panel d'Amchis seniors des villages environnants.

L'oracle (masculin et féminin) est le devin ladakhi. Il ou elle guérit les maladies et résout tous les problèmes terrestres.

Sports et autres activités

Le Ladakh est le paradis des randonneurs. J'ai fait du rafting et des safaris à dos de chameau. Si vous vous intéressez à la vie animale, vous pourrez observer des oiseaux et des animaux en voie de disparition.

Vous pouvez vous promener dans d'anciens monastères spectaculairement perchés sur de hautes montagnes, comme je l'ai fait, rejoindre les moines dans leurs prières quotidiennes et explorer les couloirs mystérieux d'anciens palais. Je me suis promené dans les ruelles du marché de Leh. J'ai acheté des objets artisanaux locaux pour les offrir.

Autres lieux fascinants

Les membres de la communauté Brokpa (la dernière race d'Aryens purs) à Dhahanu (163 km) et le magnifique lac Tsomoriri (137 km), entouré de hautes montagnes enneigées, sont l'une des choses les plus intéressantes à voir dans cette région.

Le Ladakh est un endroit magnifique - une terre énigmatique de sable et de neige, que le temps a oubliée. Il y a tant à voir. Les gens sont simples et très honnêtes, une combinaison rare dans le monde d'aujourd'hui.

Vous adorerez le Ladakh et ses habitants.

Parcs nationaux et sanctuaires de faune et de flore de l'Inde

La forêt est un organisme particulier, d'une bonté et d'une bienveillance illimitées, qui ne réclame pas sa subsistance et distribue généreusement le produit de son activité vitale ; elle protège tous les êtres, offrant de l'ombre même à l'homme à la hache qui la détruit.

Gautam Buddha

J'ai trouvé trois animaux particulièrement fascinants : le lion, le tigre et le rhinocéros. Vous pouvez voir ces animaux au zoo. Il se peut qu'il y ait un zoo à proximité. Vous avez dû voir ces animaux. J'ai vu une fois des tigres très gras au zoo de Shimoga (Shivamogga) dans le Karnataka. Le gardien du zoo m'a dit qu'il les forçait à jeûner une fois par semaine. La situation est à peu près la même dans tous les zoos. Mais c'est une toute autre chose que de voir ces animaux dans leur environnement naturel - dans les parcs nationaux et les sanctuaires de la vie sauvage.

Le premier parc national de l'Inde - le parc national de Hailey, aujourd'hui connu sous le nom de parc national Jim Corbett, dans l'Uttarakhand, a été créé en 1936. En 1970, l'Inde ne comptait que cinq parcs nationaux. L'Inde a promulgué la loi sur la protection de la faune et de la flore en 1972 et a adopté le projet Tiger l'année suivante, en 1973. Le nombre de parcs nationaux et de sanctuaires a progressivement augmenté. Aujourd'hui, l'Inde compte 104 parcs nationaux et 551 sanctuaires de faune et de flore, soit une grande variété.

Avant

l'indépendanceAvant l'indépendance, les rois et les princes de l'Inde avaient leurs propres forêts privées où ils chassaient le gros gibier avec leurs amis et leurs invités. Personne n'osait braconner dans ces forêts de peur d'être sévèrement puni. Cela a contribué à la préservation de la vie sauvage.

Mais en raison de la destruction des habitats naturels, de la perte d'animaux due à l'augmentation du braconnage, des calamités naturelles telles que les sécheresses et les inondations, et des conflits avec l'homme, il était nécessaire de préserver les animaux en protégeant les zones qu'ils habitent. Il était donc nécessaire de créer des parcs nationaux et des sanctuaires de la vie sauvage dans tout le pays.

Parcs nationaux et sanctuaires - Différence

Connaissez-vous la différence entre les parcs nationaux et les sanctuaires ? La différence entre les parcs nationaux et les sanctuaires réside dans le fait qu'un certain degré d'activité humaine est généralement autorisé dans les sanctuaires, alors que l'activité humaine est presque totalement interdite dans les parcs nationaux. De nombreux parcs nationaux ont d'abord été des sanctuaires de la vie sauvage.

De nombreux parcs nationaux et sanctuaires sont célèbres pour des animaux spécifiques, comme le parc national Jim Corbett, le parc national Ranthambore et le parc national Sunderban pour les tigres ; le parc national Gir pour les lions ; le parc national Kaziranga pour les rhinocéros, etc. Mais tous les parcs nationaux et sanctuaires abritent également un grand nombre d'autres animaux, d'oiseaux et de plantes.

En Inde, il existe 55 réserves de tigres régies par le Project Tiger. Ceux-ci sont particulièrement impliqués dans la conservation du tigre.

Le lion d'Asie

Jusqu'à il y a un peu plus d'une centaine d'années, le lion d'Asie parcourait de vastes territoires s'étendant de la Grèce à l'Asie occidentale, en passant par Delhi, le Bihar et le Bengale. Mais l'impitoyable tuerie a fait des ravages. Le dernier lion asiatique en dehors de la forêt de Gir, en Inde, a été vu en 1884.

Au bord de l'extinction - le rôle du Nawab de Junagadh

Depuis 1884, tous les lions d'Asie sont localisés dans la forêt de Gir, la réserve de chasse privée du Nawab de Junagadh. La famine de 1899 a presque décimé les lions. En 1900, le Nawab de Junagadh a invité Lord Curzon, alors vice-roi des Indes, à une chasse au lion. Cette invitation a suscité une lettre anonyme dans un journal, dans laquelle l'auteur mettait en doute le bien-fondé d'une chasse VIP d'une espèce en voie de disparition. Lord Curzon a non seulement annulé la chasse, mais il a également demandé au Nawab de protéger les lions menacés. Le Nawab, à son tour, a déclaré que le lion était un animal protégé.

En 1913, la population de lions de la forêt de Gir était tombée à moins de vingt. Par mesure de protection, le gouvernement britannique a imposé une interdiction totale de tirer sur les lions. Le nombre de lions augmente progressivement. En 1949, le nombre de lions dans la forêt de Gir s'élevait à environ 100. Aujourd'hui, le nombre de lions est de 674.

Parc national de Gir (400 km d'Ahmedabad)

Le parc national de Gir, situé dans le district de Junagadh, dans l'État du Gujarat, est le seul endroit au monde où l'on peut voir le lion d'Asie (Panthera leo persica) dans son habitat naturel. J'ai visité le parc national de Gir au milieu de l'été. Il faisait très chaud et la terre était desséchée. Mais la visibilité n'en est que meilleure. Le premier soir, nous n'avons pas vu de lion. Et nous avons pensé que nous n'en verrions probablement pas. Mais le lendemain, nous avons vu des lions. Observer un lion majestueux dans la nature est fascinant.

Le gouvernement indien a créé le parc national de Gir le 18 septembre 1965 en tant que réserve forestière pour conserver le lion asiatique. La superficie initiale de la forêt de Gir était d'environ 5 000 km². Aujourd'hui, le sanctuaire couvre une superficie totale de 1 412 km², dont la zone centrale de 258,71 km² est le parc national de Gir. Une zone tampon environnante permet de surveiller et de réguler les débordements.

Situation actuelle des lions à Gir

D'une vingtaine en 1913, la population de lions est passée à 674 en 2024. Parfois, les lions sortent des limites du parc à la recherche de nourriture et d'eau, se font prendre dans les pièges des braconniers et meurent.

Bien sûr, les lions sont nombreux en Afrique. Mais les lions d'Afrique ne sont pas des lions d'Asie, mais des lions d'Afrique, leur proche parent. Le lion d'Asie est plus gracieux et plus majestueux. Le lion d'Asie évite les êtres humains.

De tous les animaux sauvages, il est le seul à ne tuer que lorsqu'il a faim et à n'attaquer l'homme que s'il est affamé. Contrairement à son cousin africain, le lion d'Asie ne se nourrit jamais de charognes. C'est vraiment le roi de la nature.

RanthamboreCe

lieu avait été perdu dans les pages de l'histoire - jusqu'à ce que le Premier ministre Rajiv Gandhi y passe sept jours, y compris la nuit de 1986-87. Il a séjourné à Jogi Mahal, une magnifique maison d'hôtes forestière vieille de deux siècles et demi, qui a été fermée au public en 1992.

Rajiv Gandhi est tombé amoureux de ce lieu unique et un nouveau projet d'éco-développement a été mis en place à son initiative. Rajiv

Gandhi a ressuscité Ranthambore des pages de l'histoire et l'a replacé sur l'itinéraire touristique le plus important de l'Inde.

Parc national de Ranthambore - 180 km de Jaipur sur la route Delhi - Mumbai

J'ai choisi le parc national de Ranthambore, à Sawai Madhopur, au Rajasthan, pour voir les tigres. La raison en est que les tigres sont des animaux nocturnes. Mais ici, les tigres se sont tellement habitués aux humains qu'ils sortent pendant la journée.

Fort de Ranthambore

Le magnifique fort de Ranthambore, situé à l'intérieur du parc national, est l'un des plus anciens forts de l'Inde. Le fort a été construit par les Rajputs Kachhwaha (Chauhans), mais il n'y a aucune certitude quant à l'époque et à l'identité du fondateur.

Certains historiens affirment qu'il a été construit par le roi Sapaldaksha en 944 après J.-C. D'autres historiens affirment qu'il a été construit par le roi Jayant de la même dynastie en 1110 après J.-C. D'autres historiens en attribuent la paternité à quelqu'un d'autre.

Le fort de Ranthambore était à son apogée sous le règne de Rana Hamir Dewa, qui devint roi en 1283 après J.-C. La littérature authentique la plus ancienne sur Ranthambore est le Hamirraso, qui relate le règne de Rana Hamir Dewa au XIIIe siècle, lorsque Alla-ud-din Khilji vainquit Rana Hamir Dewa. Alla-ud-din Khilji est à son tour vaincu par les Rajputs.

Akbar a vaincu les Rajputs en 1528. À la fin du XVIIe siècle, les Moghols ont cédé le fort au maharaja de Jaipur, qui a gouverné la ville depuis le magnifique fort Amer, situé non loin de là, jusqu'à notre indépendance.

Le Fort est majestueusement perché sur un plateau à une altitude légèrement supérieure à 700 pieds. Elle est entourée de murs fortifiés pratiquement inaccessibles. Les murs massifs, d'une circonférence de sept kilomètres, entourent une zone de quatre kilomètres et demi. À l'intérieur du fort se trouvent des palais, des casernes, des temples et même des mosquées.

Depuis le logement, on a une vue fabuleuse sur le Padam Talao (l'un des nombreux lacs artificiels du parc). On peut y voir des crocodiles paresser sur les rives du lac, des troupeaux de cerfs et d'autres animaux s'abreuver, ainsi que de nombreux oiseaux.

Le fort abrite une source, le Guptaganga, qui est une source d'eau pérenne. Depuis le Fort, on peut voir des kilomètres et des kilomètres à la ronde. Il est impossible de s'approcher de la zone sans être vu. Cela explique pourquoi ce lieu a été choisi pour le Fort. Pour rendre l'entrée encore plus difficile, le fort est stratégiquement situé au milieu du parc national de Ranthambore.

Parc national de Ranthambore

Le parc national de Ranthambore, qui entoure le fort, est célèbre pour ses tigres. Les tigres qui vivent ici ont fourni au monde quatre-vingt-quinze pour cent de toutes les photographies de tigres publiées. La forêt de Ranthambore était le lieu de chasse privé du Maharaja de Jaipur.
Il a été déclaré Sawai Madhopur Wildlife Sanctuary en 1955. Mais le Maharaja de Jaipur a été autorisé à chasser dans le sanctuaire jusque dans les années 1970, date à laquelle la chasse a été totalement arrêtée. Le sanctuaire, qui couvre une superficie de 392 km2, a été inclus dans le projet Tiger en 1973. Ranthambore était, et reste, la plus petite des 48 réserves de tigres en Inde. Ranthambore a obtenu le statut de parc national en 1980. En 1984, les forêts adjacentes ont été déclarées Sawai Man Singh Sanctuary et Kaila Devi Sanctuary. En 1991, le projet Tiger a été étendu au sanctuaire de Sawai Man Singh, au sanctuaire de Kaila Devi et à la réserve de chasse de Kualaji, ce qui a permis d'étendre la superficie de la réserve de tigres à 1 334 km².

Ma première observation de tigre

Les tigres ne se trouvent qu'en Asie. (Il n'y a pas de tigres en Afrique). Il y a une centaine d'années, il y avait environ 50 000 tigres. En 1970, ils n'étaient plus que 2 000. Le projet Tiger, qui est l'un des projets les plus ambitieux et les plus réussis en matière de faune et de flore en Inde, a été lancé en 1973. Le nombre de tigres est en augmentation.

J'ai passé trois jours à Ranthambore. J'ai vu des tigres tous les jours - sept tigres en tout - de très près. J'ai vu une tigresse se baigner dans un trou d'eau. J'ai vu une mère et ses trois petits s'ébattre sur la route. Mon voyage a été un grand succès.

Les tigres ont besoin de beaucoup de nourriture. On y trouve un grand nombre de chital (cerf tacheté), de sambar (le plus grand cerf indien), de nilgai (la plus grande gazelle indienne - également connue sous le nom de blue bull), et beaucoup de sangliers - une nourriture suffisante pour soutenir confortablement une population importante de tigres.
En 1991, le parc national de Ranthambore comptait 45 tigres. Mais le braconnage a fait des ravages. Les chiffres ont baissé. Les tigres survivants sont devenus extrêmement méfiants. Et il est devenu difficile de voir un tigre.

La situation s'est améliorée. Il y a 75 tigres. Et ils n'ont pas peur des humains. Grâce aux efforts de personnes comme feu Fateh Singh Rathod, le premier directeur du parc national de Ranthambore, qui a consacré toute sa vie au bien-être des tigres, et à la vigilance des villageois locaux, le braconnage a pratiquement cessé et la population de tigres augmente régulièrement. J'ai eu la chance de dîner avec ce grand homme.

Tigres dans le Sunderban (100 km de Kolkata)

Les puissants fleuves Gange et Brahmapoutre pénètrent dans le golfe du Bengale dans la région des Sunderbans, transformant l'ensemble de la région en le plus grand delta du monde, d'une superficie de 75 000 km² (30 000 miles carrés).

L'un des arbres de la mangrove a donné son nom à la région. Le mot Sunderban, qui signifie forêt de Sundari, vient de deux mots : *Sundari* (une espèce de palétuvier - *Heritiera fomes*) et *Ban* (forêt).

La région des Sunderbans couvre 10 200 km² de forêts de mangroves réservées. 4 200 km² de ces forêts se trouvent en Inde (Bengale occidental). Les 6 000 km² restants se trouvent au Bangladesh.

Sunderban indien - 9 630 km2

Une autre région non forestière et habitée de 5 430 km2, située au nord et au nord-ouest des forêts de mangrove, est également connue sous le nom de Sunderban. La zone forestière et non forestière combinée de la région de Sunderban en Inde s'étend sur 9 630 km².

La région des Sunderban, d'une superficie de 9 630 km2, est traversée par un labyrinthe complexe de rivières, d'affluents, d'estuaires, de criques et de canaux. 70 % de la zone est couverte d'eau saline et saumâtre. Le tigre a élu domicile dans cette région inhospitalière. La réserve de tigres de Sunderban est la seule forêt de mangroves au monde à abriter le tigre.

En 1973, le gouvernement indien a notifié 2585 km2 de la zone comme étant la réserve de tigres Sunderban en vertu de la loi de 1972 sur la protection de la faune et de la flore et l'a intégrée dans son projet Tiger. La zone a été élevée au rang de sanctuaire de la vie sauvage en 1977.

Une zone centrale de 1 330 km2 a reçu le statut de parc national le 4 mai 1984. En 1987, l'UNESCO a reconnu le parc comme site du patrimoine mondial. La réserve de tigres de Sunderban compte 100 tigres, soit plus de tigres que dans n'importe quelle autre réserve de tigres au monde. Mais en raison du relief et de l'étendue du territoire, il est difficile d'y apercevoir un tigre. J'ai visité les Sunderbans sans trop m'attendre à voir un tigre, pour son écosystème unique et ses forêts de mangroves. Et tout ce que j'ai pu voir, ce sont des marques de carlin. Un tigre avait visité les environs de la maison d'hôtes forestière.

Le delta des Sunderban est traversé par de nombreuses rivières, ruisseaux et canaux. L'eau monte et descend au rythme des marées. L'eau salée de la mer entre et sort - deux fois par jour - faisant de la région l'un des terrains les plus difficiles à vivre. La plupart des créatures présentes ici - animaux et plantes, terrestres et aquatiques - ont développé des adaptations uniques pour survivre. Par exemple, le tigre est un bon nageur. Il a appris à pêcher. Les palétuviers ont développé des racines aériennes spéciales pour survivre sur ce terrain. Le poisson skipper sort de l'eau sur les vasières.

J'ai séjourné au Sajnekhali Lodge, à l'intérieur de la forêt. J'ai fait le tour des criques et des canaux à bord d'un ferry pendant trois jours. J'ai vu beaucoup d'animaux, d'oiseaux et d'autres créatures. Une nuit, j'ai entendu le rugissement du tigre, mais je ne l'ai pas vu. Le tigre de Sunderban m'a échappé.

SuggestionLa

visite des Sunderban est une expérience unique. Un voyage vers nulle part. Loin de la civilisation, dans le mystérieux pays du puissant tigre. Vous ne verrez peut-être pas l'insaisissable tigre, mais vous profiterez pleinement d'un séjour de 2 à 3 jours ici. C'est totalement différent !

Parc national de Kaziranga (239 km de Guwahati et 97 km de Jorhat)

Le parc national de Kaziranga est l'habitat du rhinocéros indien, ou grand rhinocéros à une corne (Rhinoceros unicornis). Le parc national de Kaziranga abrite les deux tiers des rhinocéros à une corne du monde.

J'ai visité le parc en plein été. L'herbe était clairsemée. Nous avons voyagé en jeep car tous les éléphants étaient déjà réservés. Nous avons aperçu le premier rhinocéros. C'était un magnifique mâle. Il ressemblait davantage à un tank blindé, ou à un vestige de l'ère fossile, qu'à un mammifère vivant de l'époque actuelle.

Il a levé les yeux vers nous et a souri (mais honnêtement, je n'en suis pas très sûr), alors que nous l'avons dépassé et avons continué à mâcher de l'herbe.

Lady Curzon - la fée Mère du Rhinocéros

C'est alors que je me suis souvenu de la belle Lady Curzon. Elle est la fée mère des rhinocéros de Kaziranga. En fait, elle est la fée Mère du parc national de Kaziranga lui-même. En 1904, Lady Mary Victoria Curzon, épouse de Lord Curzon, alors vice-roi des Indes, entendit parler des rhinocéros de Kaziranga par ses amis planteurs de thé britanniques de l'Assam. Elle a visité la région. Mais tout ce qu'elle a pu voir, ce sont des empreintes de pieds d'animaux à trois doigts. Elle a persuadé Lord Curzon de faire quelque chose pour les protéger.

Le 1er juin 1905, le gouvernement a publié une notification préliminaire annonçant son intention de déclarer certaines zones de Kaziranga forêt réservée. Kaziranga s'est agrandi et le 11 février 1974, le gouvernement indien a déclaré que le sanctuaire de 430 km2 était un parc national et a changé son nom en parc national de Kaziranga. Le parc national de Kaziranga a célébré son centenaire en juin 2005.

Les différentes espèces de rhinocéros

Il existe cinq espèces de rhinocéros dans le monde. Deux d'entre eux sont originaires d'Afrique et trois d'Asie du Sud. Les trois espèces présentes en Asie - le rhinocéros de Java, le rhinocéros de Sumatra et le grand rhinocéros à une corne de l'Inde - sont en danger critique d'extinction.

La famille des rhinocéros se caractérise par sa grande taille (c'est l'une des rares mégafaunes encore en vie aujourd'hui). Ils peuvent atteindre un poids d'une tonne ou plus. Ils sont herbivores. Ils ont une peau protectrice de 1,5 à 5 cm d'épaisseur, formée de couches de collagène disposées en treillis. Leur peau a été utilisée pour recouvrir des boucliers. Mais les rhinocéros ont un cerveau relativement petit.

Les rhinocéros ont une ouïe et un odorat aigus, mais une mauvaise vue. La plupart d'entre eux vivent environ 60 ans ou plus. Ils semblent être lents. Mais ils peuvent se recharger à des vitesses supérieures à 40 miles par heure (la vitesse d'un cheval de course).

Les deux espèces africaines et l'espèce de Sumatra ont deux cornes, tandis que les espèces indiennes et javanaises ont une seule corne.

Rhinocéros indien

Il y a quelques siècles, les rhinocéros indiens, ou grands rhinocéros à une corne, étaient présents dans les plaines du nord de l'Inde, dans les zones humides de l'Indus, du Gange et du Brahmapoutre. Aujourd'hui, on ne les trouve plus que dans de petites zones de l'État d'Assam, au nord-est du pays, et dans le Népal voisin. En Assam, leur habitat se limite à deux parcs nationaux : Kaziranga et Manas. Ils sont considérés comme menacés d'extinction et il reste moins de 200 individus à l'état sauvage. Le parc national de Kaziranga compte environ 2000 rhinocéros à une corne.

La corne - est-elle aphrodisiaque ?

Les rhinocéros sont tués pour leurs cornes qui sont considérées comme un aphrodisiaque (substance censée augmenter le désir sexuel, la puissance et les performances). Le prix d'une corne de rhinocéros est d'environ 10 lakhs Rs pour une corne de 2,5 kg. Sur le marché international, la valeur est plus de trois fois supérieure à ce montant. Cela conduit au braconnage.

Mais d'un point de vue médical, les cornes d'un rhinocéros sont constituées de kératine, le même type de protéine que les cheveux et les ongles, et n'ont aucune valeur médicinale ou aphrodiaque.

Le succès de Kaziranga et ses dangers

Kaziranga est considéré comme le porte-drapeau de tous les efforts de conservation de la faune et de la flore dans le monde. Mais il y a un certain nombre de dangers. Le braconnage est la plus grande menace. Les inondations causées par le débordement du Brahmapoutre pendant la saison des pluies se sont souvent révélées désastreuses.

RecommandationKaziranga

est également un site du patrimoine mondial. Il a également été reconnu comme une zone importante pour les oiseaux par Birdlife International pour la conservation des espèces aviaires.

Vous pouvez visiter les rhinocéros à tout moment de l'année, sauf pendant la saison des pluies.

Îles Andaman et Nicobar - un paradis tropical

Les îles Andaman et Nicobar - un paradis tropical
Quelqu'un m'a demandé combien de jours on pouvait passer ici.
J'ai répondu à la partie restante de ma vie.

Lorsque j'étais à l'école, je rêvais de vacances dans un paradis tropical, au milieu des palmiers ondulants qui murmuraient vers les océans ; je me prélassais sur des plages ensoleillées ; je nageais et plongeais dans les eaux cristallines des océans, et j'observais la vie marine, belle et colorée.

Les îles Andaman et Nicobar offrent tout cela et bien plus encore. Un jour, j'ai atterri à Port Blair. The islands are featured in Sir Arthur Conan Doyle's Sherlock Holmes - 1890 mystery "The Sign of the Four".

Andaman et les îles Nicobar

Les îles Andaman et Nicobar sont en fait deux groupes d'îles de l'océan Indien, à l'est de l'Inde, séparées par un canal de 150 kmhttp://en.wikipedia.org/wiki/Kilometre de large, le Ten-degree Channel, qui a conservé les formes de vie et les cultures des deux groupes d'îles entièrement différentes.

Ces îles sont en fait les sommets d'une vaste chaîne de montagnes submergée qui s'étend de Myanmar à Sumatra. Cet ensemble de 836 îles, dont seulement 31 sont habitées en permanence, s'étend comme un collier brisé sur 800 kilomètres dans l'océan Indien. The two groups of islands together form the Union Territory of Andaman and Nicobar Islands. Sa capitale est Port Blair.

HistoireL'astronome, mathématicien et géographe grec Claudius Ptolemaeus a inclus les îles Andaman et Nicobar dans ses cartes préparées au deuxième siècle. Les îles Andaman et Nicobar ont été entourées de mystère pendant des siècles en raison de leur inaccessibilité. Nous ne savons donc pas grand-chose de leur passé, si ce n'est que les deux groupes d'îles ont été habités par les Négritos et les Mongoloïdes pendant des siècles et que certains navires de passage ont occasionnellement touché ces îles.

Ce n'est qu'au XVIIIe siècle que des informations sur ces îles sont parvenues au monde moderne. En 1788, Lord Cornwallis, gouverneur général des Indes, envisage de coloniser les îles. Il a établi la première colonie britannique sur l'île de Chatham, près de Port Cornwallis (l'actuel Port Blair), en 1789.

Après la Grande Révolte de 1857, en mars 1858, les Britanniques y ont établi une colonie pénitentiaire. Pendant la Seconde Guerre mondiale, du 21 mars 1942 au 8 octobre 1945, les Japonais ont occupé les Andamans. Netaji Subash Chandra Bose est arrivé à Port Blair le 29 décembre 1943 et a hissé le drapeau national à Port Blair le lendemain. Le 8 octobre 1945, les Japonais ont rendu les îles aux Britanniques.

Prison cellulaire - Kala Pani (à Port Blair)

J'ai visité la prison cellulaire, qui est la structure la plus importante et la plus populaire de Port Blair. La prison cellulaire est communément appelée Kala Pani car, à l'époque, le voyage vers les îles menaçait les voyageurs de perdre leur caste, ce qui signifiait l'exclusion sociale.

La prison est dite "cellulaire" car elle est entièrement composée de cellules individuelles pour l'isolement des prisonniers. Cette prison était à l'origine un bâtiment à sept bras, de couleur violacée, avec une tour de guet centrale et des couloirs en forme de nids d'abeilles. Le bâtiment a été endommagé par la suite. Actuellement, seuls trois des sept bras sont intacts.

Sous le régime britannique, la plupart des prisonniers de la Cellular Jail étaient des militants de l'indépendance et des combattants de la liberté. Parmi les détenus de la prison cellulaire figuraient Fazl-e-Haq Khairabadi, Yogendra Shukla, Batukeshwar Dutt, Babarao Savarkar, Vinayak Damodar Savarkar, Sachindra Nath Sanyal, Bhai Parmanand, Sohan Singh et Subodh Roy. Les frères Savarkar - Babarao et Vinaya - y ont été détenus pendant deux ans dans des cellules différentes. Mais ils ne savaient pas qu'ils étaient présents l'un chez l'autre. Aujourd'hui, la prison a été transformée en monument commémoratif national.

Musée de la forêt (à Port Blair)

J'ai visité le musée de la forêt géré par le département des forêts. Il s'agit d'une attraction incontournable. Il présente des spécimens de bois cultivés localement, notamment le magnifique Padauk, dont le même arbre présente à la fois des couleurs claires et foncées. J'ai appris les méthodes d'abattage utilisées ici.

Musée anthropologique (à Port Blair)

J'ai visité le musée anthropologique. Elle dépeint la vie des tribus aborigènes à l'aide de modèles miniatures des outils qu'elles utilisaient, de leurs vêtements et de photographies de leurs modes de vie. Le musée dispose également d'une bibliothèque contenant une bonne collection de livres.

Quelques faits sur les îles Andaman et Nicobar

90 % du territoire est couvert de forêts.

Environ 50 % des forêts ont été mises de côté en tant que réserves tribales, parcs nationaux et sanctuaires de la vie sauvage.

De riches mangroves luxuriantes occupent près de 11,5 % du territoire.

Plus de 150 espèces végétales et animales sont présentes.

La noix de coco, qui pousse en abondance, est le principal objet de commerce et d'alimentation des habitants.

Volcan sur l'île de Barren (135 kms. de Port Blair)

The only confirmed active volcano in South Asia is the Barren Volcano located on the 3 kms. long Barren Island. Il s'agit d'un grand cratère qui émerge brusquement de la mer, à environ un demi-kilomètre du rivage et à une profondeur d'environ 150 brasses.

La dernière éruption a eu lieu les 2 et 3 avril 2024. Les visiteurs ne sont pas autorisés à atterrir sur l'île Barren. Je devais le voir à partir d'un vaisseau.

Les îles Nicobar

Les îles Nicobar sont séparées du groupe d'îles Andaman par le Ten-Degree Channel. Les îles Nicobar sont composées de 28 îles d'une superficie de 1 841 km². La population totale des îles Nicobar est de 4,10 lakhs. 13 des îles sont habitées par environ 12 000 tribus aborigènes, dont la plupart vivent à Car Nicobar, la partie la plus septentrionale de l'archipel.

Car Nicobar est le siège du district de Nicobar. C'est une île plate et fertile, couverte de plantations de cocotiers et de plages enchanteresses, entourée d'une mer rugissante. Les huttes uniques de Nicobari sont construites sur pilotis avec une entrée par le sol. L'accès se fait par une échelle en bois.

La traversée maritime de Port Blair à Car Nicobar dure environ 16 heures.

Grand Nicobar (540 kms. par mer)

Il s'agit de l'extrémité sud des Nicobars. À son extrémité sud se trouve Indira Point (anciennement Pygmalion Point). Il s'agit de la pointe la plus méridionale de l'Inde (n'oubliez pas que la pointe la plus méridionale de l'Inde n'est pas Kanyakumari). Cette île possède également des réserves de biosphère. La traversée maritime de Port Blair à Great Nicobar dure de 50 à 60 heures.

Nicobar - une flore et une faune uniques

Les Nicobars regorgent de cocotiers, de casuarina et de pandanus. La créature la plus intéressante des îles Nicobar est le crabe voleur géant, qui peut grimper à un cocotier, ouvrir une noix de coco et en boire le contenu.

On y trouve des singes à longue queue, des pigeons endémiques de Nicobar et le mégapode, un oiseau rare que l'on ne trouve qu'à Great Nicobar.

Îles exotiques et plages magnifiques

J'ai vu de nombreuses plages et visité plusieurs îles. Mais il y a beaucoup, beaucoup plus d'îles et de plages que vous pouvez explorer. Et si vous avez le temps et l'envie, voyagez par la route de Port Blair à Diglipur, l'endroit le plus au nord.

C'est un voyage que vous n'oublierez jamais.

Tribus paléolithiques des îles Andaman et Nicobar

Le groupe d'îles Andaman et Nicobar est le seul endroit au monde où l'on peut voir les descendants des hommes du paléolithique (65 000 ans), des tribus primitives, que le temps a oubliées, où le temps s'est arrêté.

Les îles Andaman et Nicobar comptent cinq tribus primitives.

Il s'agit de

Grands Andamanais de l'île du Détroit Au nombre d'environ 50

Les Onges du Petit AndamanAu nombre d'environ 101

Jarawas du sud et du centre de l'Andaman Environ 470 Sentinelese des îles Sentinel Environ 70Shompens du Grand Nicobar Environ 22970Shompens du Grand Nicobar Environ 229

Les quatre premiers vivent dans les îles Andaman. Seuls les derniers vivent dans les îles Nicobar.

Les tribus du groupe d'îles Andaman sont d'origine négroïde et ont une peau noire typique. Les tribus du groupe d'îles Nicobar sont mongoles et ont le teint clair.

J'ai rencontré un certain Onge à Port Blair. Il y travaillait. J'ai eu l'occasion rare non seulement de voir les Jarawas, mais aussi de sortir de ma voiture, de leur serrer la main et de les photographier dans leur habitat naturel. J'ai rencontré trois groupes de Jarawas dans des endroits différents.

Il n'y avait pas de problème avec deux groupes. Je leur ai donné des bananes, des biscuits et du riz soufflé, je leur ai serré la main et j'ai pris des photos. Le troisième groupe était composé de quelques mâles adultes. Ils sont soudain devenus un peu hostiles, sont devenus violents, nous ont arraché la nourriture des mains et ont commencé à grimper et à sauter sur notre voiture. Mon chauffeur a paniqué et s'est mis à courir comme un fou.

Les Jarawas sont en bonne santé - encore plus que les autres populations modernes des îles - avec une peau lisse, des cheveux noirs et bouclés, des mains et des jambes longues et fortes, et des os solides.

Les Shompens sont les seuls aborigènes des Nicobars. Ils sont réfractaires à tout contact avec le monde extérieur. Les Shompens vivent sur Great Nicobar, la plus grande des îles du groupe Nicobar. Comme les Nicobarais, ils appartiennent à la race mongoloïde.

Le gouvernement tente de protéger et de préserver toutes ces tribus. Le gouvernement les aide à vivre dans leur propre environnement avec le moins d'interférences et de perturbations possibles du monde extérieur.

Changement de nom de trois îles

En décembre 2018, le Premier ministre Narendra Modi, qui effectuait une visite de deux jours dans les îles Andaman et Nicobar, a rebaptisé trois de ces îles en hommage à Netaji Subhash Chandra Bose. L'île de Ross a été rebaptisée Netaji Subhash Chandra Bose Dweep ; l'île de Neil a été rebaptisée Shaheed Dweep ; et l'île de Havelock a été rebaptisée Swaraj Dweep. Quelqu'un m'a demandé combien de jours je pouvais passer dans les îles Andaman et Nicobar. La réponse est simple. Ils sont si bons que je pourrais y passer tout le reste de ma vie.

Victoria - la plus belle ville du Canada

Je me souviendrai toujours de Victoria parce que j'ai pu visiter cette ville et d'autres régions du Canada sans visa.

Victoria est la plus ancienne ville de l'Ouest canadien et est réputée pour ses belles journées ensoleillées. Elle est située à l'extrémité sud de l'île de Vancouver, sur la côte pacifique du Canada, près du cercle polaire arctique. Lorsque nous avons décidé de faire une croisière de Los Angeles à l'Alaska, nous avons choisi une croisière qui passait par Victoria. Comme la plupart des navires de croisière modernes, notre bateau de croisière disposait de toutes les commodités d'un hôtel ou d'un centre de villégiature 5 étoiles et de bien d'autres choses encore.

Nous avions beaucoup de choses à faire sur le bateau lui-même. Nager dans une grande piscine chauffée équipée d'une immense télévision. Un gymnase à l'arrière du pont supérieur d'où l'on pouvait voir tout autour. Des spectacles de théâtre avec des programmes soigneusement sélectionnés. Plusieurs restaurants proposant des menus variés 24h/24h. Magasins vendant une variété de produits.

Notre bateau de croisière entre dans le port de Victoria. Nous avons été agréablement surpris, ou choqués, qu'on ne nous demande pas de visa pour entrer dans le port. Le temps ne nous a pas fait défaut. La matinée a été belle et ensoleillée. La mer calme scintille sous les rayons du soleil matinal. Comme nous n'avions qu'une journée au port, nous devions l'utiliser au mieux.

Parmi les différents circuits proposés, nous avons choisi le circuit en bus "Victoria Highlights and Mt. J'ai choisi ce circuit en particulier parce que, bien que j'aie vu un grand nombre de forts en Inde, je n'avais jamais vu de véritable château occidental. Je voulais en voir un.

Le bus nous a emmenés à travers la ville pittoresque, sur de belles routes, devant de vieilles maisons victoriennes, le long du bord de mer, et jusqu'au château de Craigdarroch. En chemin, nous nous sommes arrêtés près d'un bord de mer pour prendre le thé. Il y avait des canaux autour et nous avons vu des phoques sympathiques

Le château de Craigdarroch

Selon le dictionnaire et ma propre perception, un château est la résidence privée et fortifiée d'un seigneur. Personnellement, je n'ai pas trouvé que Craigdarroch était un château digne de ce nom, au sens où je l'imaginais. Cependant, le château est unique.

Il a été construit par Robert Dunsmuir, un magnat du charbon et des chemins de fer du Victoria entre 1887 et 1890. Mais il était destiné à être utilisé comme résidence. À l'époque, il était de bon ton pour les riches d'afficher leur richesse, ce qu'ils faisaient en construisant des demeures spectaculaires. Le manoir servait de vitrine à la renommée et à la richesse de son propriétaire.

Le château de Craigdarroch (en gaélique, le mot Craigdarroch signifie "endroit rocheux, chêne"), construit sur une colline surplombant la ville de Victoria, remplissait bien cette fonction. Il annonce fièrement au monde que Robert Dunsmuir est l'homme le plus riche et le plus important de l'Ouest canadien. Robert Dunsmuir est décédé en 1889, laissant l'intégralité de ses biens à sa femme Joan, qui a vécu au château jusqu'à sa mort en 1908.

Le Craigdarroch Castle, qui est aujourd'hui un lieu touristique populaire, dispose de 39 chambres meublées dans un style victorien caractéristique, avec de magnifiques vitraux, du fer forgé et des boiseries sculptées. Une ascension de 87 marches permet d'atteindre la tour, d'où l'on a une vue à 360 degrés sur la ville de Victoria et l'océan Pacifique. Un coup d'œil à l'intérieur du château et à son contenu donne une très bonne image de la vie luxueuse à l'époque où les gens y vivaient.

Aujourd'hui, la Craigdarroch Castle Historical Museum Society, une organisation à but non lucratif, entretient le château. Le manoir couvre 20 000 pieds carrés d'espace intérieur et les jardins ont été restaurés tels qu'ils ont été construits à l'origine, offrant une belle sortie pour les habitants de la région comme pour les touristes.

China Town

Sur le chemin du retour, notre bus nous a emmenés au Mont Tolmie, d'où nous avions une vue plongeante sur toute la ville de Victoria ainsi que sur les océans environnants, puis à travers China Town. Presque toutes les grandes villes modernes - Kolkata (Calcutta), Sydney ou Victoria - ont un quartier chinois. Victoria possède le plus ancien quartier chinois du Canada !

Le quartier chinois de Victoria possède des magasins et des boutiques uniques, ainsi que des ruelles étroites comme la Fan Tan Alley, qui ne fait qu'un mètre de large. En se promenant dans les rues étroites et les ruelles, on a l'impression de se trouver dans un autre pays et à une autre époque. Il fut un temps où ces ruelles secrètes abritaient des fumeries d'opium. Aujourd'hui, China Town est un endroit magnifique à visiter.

Bâtiments historiques

La ville a conservé un grand nombre de ses bâtiments historiques. Les bâtiments du Parlement de la Colombie-Britannique (achevés en 1897) et l'hôtel Empress (inauguré en 1908) sont les plus célèbres.

Les jardins Butchart

Il est difficile d'imaginer qu'au début des années 1900, les magnifiques jardins Butchart étaient une carrière de pierre à chaux sans intérêt. En 1904, Jennie Butchart a transformé la carrière de calcaire abandonnée en un spectaculaire jardin en contrebas. Elle a créé plusieurs jardins distincts dans le style des grands domaines de l'époque. Ils évoquent une série d'expériences esthétiques diverses.

Le jardin Butchart a traversé les générations successives de la famille Butchart. Mais ils ont conservé l'essentiel de sa conception d'origine. Le jardin perpétue la tradition victorienne en changeant de saison ses remarquables expositions florales. Aujourd'hui, les Butchart Gardens sont l'un des premiers jardins d'exposition florale au monde.

Jardins de papillons de Victoria

Le Victoria Butterfly Gardens présente une bonne collection de différentes espèces de papillons et de papillons de nuit dans ses installations intérieures, ainsi que différentes espèces d'oiseaux, de poissons, de grenouilles et de tortues.

Les jardins de papillons sont de plus en plus populaires en Inde. Nous en avons déjà quelques bonnes.

Parc Goldstream

Le parc Goldstream, qui accueille chaque année le frai des saumons, mérite une visite.

Jardins sous-marins du Pacifique

Le Pacific Undersea Gardens était en fait un navire de 150 pieds, situé dans le port intérieur lui-même. Nous avons dû descendre les escaliers jusqu'à 15 pieds sous l'océan. Nous avons pu y observer la vie marine de la côte de la Colombie-Britannique dans son environnement naturel et protégé.

Les jardins possédaient également un étang de marée contenant des étoiles de mer et des anémones de mer. Nous pourrions toucher ces animaux. Nous avons beaucoup appris sur la vie marine dans le théâtre sous-marin. Un plongeur, portant un masque complet de communication bidirectionnelle, nous a parlé de divers animaux et a répondu à nos questions. Les deux principales attractions du théâtre sous-marin étaient les anguilles-loups et la pieuvre géante du Pacifique nommée "Armstrong".

Malheureusement, ce lieu unique a été fermé le 17 octobre 2013 et les animaux ont été déplacés dans d'autres endroits.

Parc Beacon Hill

Le parc de Beacon Hill, d'une superficie de 75 hectares, est extrêmement populaire auprès des touristes et des habitants. Mais elle est plus connue pour ses totems. On y trouve le quatrième totem le plus haut du monde, un totem de 38,8 mètres sculpté par l'artisan kwakwaka'wakw Mungo Martin.

Zoo des insectes de Victoria

Ce mini-zoo de deux pièces, situé à un pâté de maisons au nord de l'hôtel Fairmont Empress, expose environ 50 espèces différentes d'insectes, d'arachnides et de myriapodes.

Il possède la plus grande collection d'insectes tropicaux d'Amérique du Nord et la plus grande fourmilière de fourmis coupeuses de feuilles du Canada.

Nous avons pu voir, tenir et manipuler différentes variétés d'espèces exotiques comme des tarentules, des cafards, des scorpions, des bâtons de marche, des mille-pattes et des mantes religieuses.

A voir également

Nous avons parcouru la ville dans des trolleys tirés par des chevaux, des bus à impériale et nous avons bu jusqu'à plus soif lors d'une tournée des bars de Victoria.

Croisières côtières d'observation des baleines

Il existe plusieurs types de bateaux de croisière pour des croisières côtières passionnantes d'observation des baleines dans l'arrière-port de Victoria. La croisière vous emmènera dans le détroit de Juan de Fuca et vous pourrez observer les majestueuses orques, baleines à bosse et baleines grises dans leur habitat naturel. Vous verrez aussi beaucoup d'autres créatures.

Histoire d'or

La plupart des villes de l'Arctique doivent leur essor à la ruée vers l'or. Le légendaire capitaine James Cook a été le premier homme non autochtone à poser le pied sur ce qui est aujourd'hui la Colombie-Britannique, au Canada. Il a débarqué sur la côte ouest de l'île de Vancouver et a découvert que des peuples autochtones vivaient déjà dans la nature sauvage et vierge de l'île.

James Douglas, de la Compagnie de la Baie d'Hudson, a fondé la ville de Victoria en 1843. Il l'a choisi comme poste de traite de la Compagnie de la Baie d'Hudson. Le poste a ensuite été rebaptisé Fort Victoria, en l'honneur de la reine Victoria.

La ruée vers l'or de la vallée du Fraser en 1858 a fait de Victoria le principal port d'entrée des colonies de l'île de Vancouver et de la Colombie-Britannique. La ruée vers l'or est terminée. Mais la pittoresque ville de Victoria est aujourd'hui une ville du gouvernement, un havre pour les retraités et une destination touristique tout au long de l'année. Victoria est une ville charmante. Nous avons apprécié chaque minute.

Skagway, Alaska

Skagway, Alaska - L'Alaska était la destination de mes rêves, bien au-delà de mon imagination et de mes rêves.

Skagway, Alaska - la ruée vers l'or du Klondike

L'Alaska est un endroit très vaste - 656 425 miles carrés de nature sauvage - de montagnes et de glaciers, de mers et de lacs, et d'une faune abondante. De nombreux endroits de la région ne sont pas accessibles par la route. Par conséquent, les visiteurs doivent se rendre dans la plupart des endroits par avion ou par bateau.

IntroductionNous

avons effectué une croisière de San Francisco à l'Alaska. À l'époque, je n'avais pratiquement aucune idée de l'Alaska. Peut-être avons-nous choisi cet endroit en raison de mes souvenirs d'enfance. Lorsque j'étais enfant, je lisais des histoires de courageux explorateurs de l'Arctique, comment ils se rendaient dans ces endroits éloignés, alors inconnus et inexplorés, les difficultés qu'ils rencontraient, comment leurs premiers navires étaient bloqués dans la glace et la neige, et comment certains d'entre eux étaient retenus pendant plusieurs mois avant que la glace et la neige ne fondent et qu'ils puissent revenir. Et bien sûr, j'ai lu et vu des photos des aurores boréales. C'est peut-être la mystique subconsciente de l'Alaska qui m'a fait choisir cet endroit.

Nous avons réservé une croisière aller-retour de 10 jours sur le "Sea Princess" depuis San Francisco jusqu'au passage intérieur de l'Alaska et retour. Nous avons traversé plusieurs villes importantes. Le navire naviguait toute la nuit et accostait dans un port au matin. La veille, nous recevions des informations sur le lieu où nous allions accoster et sur les activités qui y étaient proposées (moyennant paiement). Dans ce chapitre, je me limite à Skagway. C'est ainsi qu'un beau matin, notre navire a accosté à Skagway, le point le plus au nord de notre voyage.

SkagwayPar chance, c'était une belle journée ensoleillée (les journées ensoleillées sont rares à Skagway). Nous avions prévu que les villes d'Alaska seraient très peu peuplées par rapport à nos villes indiennes. Mais il nous était difficile d'imaginer qu'il puisse y avoir une ville moderne avec une population d'environ 1200 personnes aujourd'hui (qui passe à 3000 pendant la haute saison). Un grand immeuble de Mumbai compte plus de résidents !

Skagway est une ville minuscule, mais magnifique. Elle compte une école, un hôpital, un poste de police, un bureau de poste, un musée et un parc, mais aussi une incroyable vingtaine de bijouteries. Cela montre à lui seul la popularité de l'endroit auprès des touristes. Nous avons même rencontré le propriétaire d'une bijouterie originaire de Mumbai. Il a expliqué qu'il était à Skagway pendant quatre ou cinq mois chaque année. Il a passé les mois restants à Mumbai.

Les bâtiments et les routes de Skagway sont propres et très bien entretenus.

Le R V Park était bien aménagé et très bien entretenu. Je n'arrivais pas à comprendre comment une si petite ville, avec si peu d'habitants et encore moins de contribuables, pouvait faire face à ses dépenses d'entretien.

La ruée vers l'or du Klondike

Skagway doit sa notoriété à la ruée vers l'or du Klondike. Le 16 août 1896, George W. Carmack et ses deux compagnons indiens, Skookum Jim et Dawson Charlie, découvrent de l'or sur la Rabbit Creek (plus tard appelée Bonanza Creek), un affluent de la rivière

Klondike, à 600 miles de Skagway. Ils n'ont trouvé que quelques paillettes d'or, mais cela a suffi à déclencher la ruée vers l'or du Klondike. Les prospecteurs d'or affluent.

Sur plus d'un million de prospecteurs, moins de 40 000 ont atteint les champs aurifères du Klondike et moins d'une centaine se sont enrichis. Plusieurs ont perdu la vie. Mais la petite ville s'est agrandie. À son apogée, Skagway était la plus grande ville d'Alaska, avec une population de plus de 20 000 habitants.

Les premiers prospecteurs d'or ont dû parcourir 600 miles par la piste du White Pass pour atteindre les champs aurifères du Klondike. Il existait un itinéraire plus court, mais plus périlleux : la piste Chilkoot. La Gendarmerie royale du Nord-Ouest insiste pour que chaque prospecteur emporte suffisamment de nourriture pour tenir un an. Cela s'est traduit par 2000 livres de fournitures. Beaucoup n'ont pas survécu à ce long et pénible voyage.

En 1982, en raison de la chute des prix, l'extraction de l'or est devenue non rentable et les mines d'or ont cessé de fonctionner. Il n'y a plus d'or. Mais Skagway est devenue une attraction touristique majeure. Vous pouvez visiter l'ancienne mine d'or du Klondike et vous promener dans la drague à or de 350 tonnes pour vous faire une idée des activités de la mine à l'époque où elle était en activité.

La route du col blanc et du Yukon

Il était naturel que des hommes d'affaires entreprenants rêvent de construire un chemin de fer. Le 28 mai 1898, la White Pass and Yukon Route a commencé la construction du chemin de fer White Pass and Yukon Route. La construction a été achevée le 29 juillet 1900. Il est difficile d'imaginer les conditions extrêmes dans lesquelles les ouvriers ont dû travailler et les défis techniques que les ingénieurs ont dû relever.

La White Pass and Yukon Route de Skagway à Carcross (67,5 miles) ne transporte plus de minerai d'or. Mais beaucoup de touristes. Nous avons décidé de visiter Carcross, l'une des anciennes villes de la ruée vers l'or. Nous avons réservé un forfait comprenant un voyage par la route jusqu'à Carcross et un retour par le chemin de fer White Pass and Yukon Route.

Le bus a emprunté la Klondike Highway, qui est parallèle à la "Trail of 98", vestige de la ruée vers l'or du Klondike ; Dead Horse Gulch (où 3000 bêtes de somme ont trouvé la mort lors de la bousculade de 1998 à cause de la négligence et de la surcharge) ; le Yukon Suspension Bridge, qui est un pont suspendu unique ; le long tunnel ; le sommet du White Pass ; et la frontière américaine avec le Yukon (Canada), où les gardes-frontières ont rapidement vérifié nos passeports. Et ils n'ont demandé aucun visa. J'aimerais que les contrôleurs de passeports du monde entier soient aussi rapides !

En chemin, nous avons traversé la vallée tourmentée, nous nous sommes arrêtés quelques minutes au magnifique lac Tutshi, nous avons vu l'île de Bove et nous avons même traversé un désert.

Notre forfait comprenait un déjeuner au Caribou Crossing Trading Post, près du village historique de Carcross, dans le territoire canadien du Yukon. La nourriture était superbe.

Le propriétaire est un taxidermiste expérimenté et il exposait de beaux spécimens d'animaux et d'oiseaux, ainsi que des répliques d'espèces disparues depuis longtemps. Vous pourrez y faire des promenades en traîneau tiré par des huskies ou tenter votre chance à la recherche d'or.

Il n'y a pas de bureau des passeports à Carcross. Les visiteurs peuvent apposer un tampon sur leur passeport pour prouver qu'ils ont visité le lieu.

Au retour, nous sommes montés à bord du train à voie étroite White Pass and Yukon Route. Qualifiée à juste titre de "chemin de fer panoramique du monde", la route du White Pass et du Yukon est une attraction majeure. Nous avons vu des montagnes et des glaciers magnifiques, des lacs bleu émeraude sculptés par les glaciers il y a des millions d'années, depuis une altitude beaucoup plus basse. Le paysage est tout simplement à couper le souffle.

HollywoodLe

White Pass a attiré des cinéastes et des écrivains. L'équipe de Disney a tourné "Never Cry Wolf" à White Pass en 1980-81. L'auteur Ken Kesey a basé son roman "Sailor Song" sur une ville fictive d'Alaska.

Se déplacer à Skagway

C'est un grand avantage de vivre dans une petite ville comme Skagway. Vous pouvez vous rendre à pied d'un bout à l'autre de la ville en 10 à 15 minutes. Vous n'avez pas besoin de véhicule. Je suis sûr que tous les habitants de Skagway connaissent tous les autres habitants de la ville.

Nous nous sommes promenés dans la petite ville, avons visité la plupart des sites historiques dans les rues secondaires et avons flâné sur la rue historique de Broadway.

Attractions

Si vous avez le temps, vous pouvez vous rendre en jet boat au pied de gigantesques glaciers ou les survoler en hélicoptère. Vous pouvez faire de l'escalade ou du trekking. Vous pouvez monter sur un traîneau tiré par les légendaires huskies ou faire de la tyrolienne dans le ciel. Bien sûr, vous pouvez aller dans les forêts et camper pendant quelques jours.

Atteindre l'objectif
Par mer

Un grand nombre de compagnies de croisières proposent des forfaits pour Skagway au départ de différentes villes des États-Unis. C'est la meilleure façon de visiter Skagway. Alaska Marine Highway System - le système de ferry de l'État - dispose d'une flotte de navires modernes transportant des véhicules et desservant tout le sud-est de l'Alaska. Chaque navire dispose d'un salon d'observation, d'un bar, d'une cafétéria et d'un solarium où il est possible de camper gratuitement. C'est l'un des meilleurs moyens de visiter des lieux disséminés sur plus de 3 500 miles de côte.

Par avion

Le grand aéroport le plus proche est celui de Juneau, à 160 km au sud de Skagway. Des vols quotidiens réguliers relient Seattle et Anchorage à Juneau. Sous réserve des conditions météorologiques, des vols réguliers sont effectués entre Juneau et Skagway à l'aide d'embarcations à hélice.

Par terre

Certaines personnes se déplacent en voiture ou dans un autre véhicule. Mais ils doivent transporter leurs véhicules sur des bateaux.

ConclusionPour

vraiment apprécier l'endroit, essayez de voler de Juneau à Skagway et de revenir à Juneau ou à un autre endroit par la mer.

Nous avons trouvé Skagway tout simplement magnifique. Nous avons vu plusieurs endroits de l'ancienne piste de l'or. Nous n'avons pas pu voir les aurores boréales. Il était trop tôt dans l'année pour les voir. Peut-être reviendrons-nous en Alaska pendant les mois d'hiver pour voir les aurores boréales.

Koh Samed, Thaïlande

Pêche au calmar et plongée sous-marine sur certaines des plus belles plages de Thaïlande à Koh Samed.

Koh Samed - quelques-unes des plus belles plages de Thaïlande

J'adore la Thaïlande. Après ma retraite en 2005, j'ai visité la Thaïlande au moins une fois par an jusqu'en 2019. La plupart des touristes en Thaïlande se rendent à Bangkok, Pattaya et Phuket. Mais le plus beau de la Thaïlande, c'est qu'à partir du magnifique aéroport international Suvarnabhumi de Bangkok, vous pouvez vous rendre dans plusieurs endroits passionnants en quelques heures seulement. J'ai visité plusieurs endroits différents et j'ai également écrit des articles à leur sujet.

Vous pouvez visiter des plages, des îles, des montagnes et des forêts et vous adonner à de nombreuses activités de loisirs : randonnée, trekking, plongée avec masque et tuba, plongée sous-marine, navigation de plaisance, pêche, paravoile, pêche au calmar, etc. Bien sûr, il y a de magnifiques temples hindous et bouddhistes partout. Des spas, des esthéticiennes et des centres de massage sont disponibles presque partout.
Si vous aimez les plantes et les animaux, il y a beaucoup de forêts et d'animaux sauvages.
De plus, la Thaïlande est assez proche de l'Inde et relativement bon marché.

Koh Samed - les plus belles plages de Thaïlande

Dans cet article, je parlerai de Koh Samed (également orthographiée Koh Samet) - une petite île située à seulement 230 km, soit deux heures et demie de route de l'aéroport international Suvarnabhumi de Bangkok.

Koh Samed compte environ deux douzaines de plages, dont certaines des plus belles de Thaïlande, du sable blanc étincelant et poudreux, une eau bleu azur, une bonne cuisine, des falaises séduisantes et du folklore. Je suis strictement végétarien. Je ne mange même pas d'œufs. Mais la nourriture n'a jamais été un problème en Thaïlande.

Lorsque nous partons en vacances, nous louons une voiture. C'est mon fils qui conduit la voiture. Nous avons loué une voiture à l'aéroport de Bangkok. Nous nous sommes rendus à Rayong, en contournant Pattaya, puis nous avons continué jusqu'à la jetée de Sribanphe. L'embarcadère abrite un charmant restaurant, Sribanphe Seafoods. Vous y trouverez de bons fruits de mer et de la cuisine thaïlandaise. Vous pouvez également faire des réservations d'hôtel et obtenir des informations touristiques au centre d'information de l'embarcadère.

Il n'y a pas de service régulier de ferry pour transporter les véhicules vers Koh Samed. Comme la plupart des touristes, nous avons laissé notre voiture sur le continent, au quai de Sribanphe, et avons traversé en bateau rapide jusqu'à l'île de Koh Samed.

L'embarcadère de ferry le plus proche et le plus populaire de Koh Samed est le "Na Dam". Il est situé dans un petit village, généralement connu sous le nom de Koh Samet Village. De là, vous pouvez obtenir un moyen de transport vers n'importe quelle partie de Koh Samed. Ne vous inquiétez pas pour le tarif. Les tarifs affichés sont fixés volontairement par les associations respectives, qui veillent jalousement à ce qu'il n'y ait pas de surfacturation.

Mais les plages du sud-est de l'île sont plus belles. Nous nous sommes donc rendus à Laem Yai, qui se trouve à côté de Haat Sai

Kaew (Signification : Haat = plage ; Sai = sable et Kaew = cristal - la plus belle plage). Il y avait trois ou quatre bonnes stations balnéaires sur les deux plages.

Nous avons choisi Vimarn Samed en raison de sa situation géographique. Vimarn Samed est perché sur une petite colline surplombant la mer, ce qui offre une vue fabuleuse. Nous étions 6 membres d'une même famille. Au lieu de louer deux chambres ou un grand cottage en duplex, nous avons loué un grand cottage meublé dans le style thaïlandais traditionnel avec des matelas au sol. Il peut accueillir jusqu'à 10 personnes.

Baignade et natation en mer

Les plages sont magnifiques. Vous pouvez vous baigner, nager et barboter dans la mer.

Vous pouvez faire appel à des masseurs qualifiés qui vous prodigueront toutes sortes de massages.

Voyager dans le monde

Koh Samed est une petite île. Les différentes plages sont reliées entre elles par des sentiers primitifs. Sur toutes les plages, des panneaux indiquent la plage suivante. Vous pouvez marcher d'une plage à l'autre. Vous pouvez également louer un vélo ou une moto. Ou se déplacer en chariot ouvert ou en bateau.

Nous avons fait le tour de l'île dans un grand bateau. Notre forfait comprenait le déjeuner, le thé et le café, la plongée avec masque et tuba dans deux endroits et la visite de la ferme piscicole du gouvernement.

Plongée en apnée

Nous avons visité quelques récifs coralliens autour de l'île. Malheureusement, les pêcheurs ont endommagé de vastes zones en pratiquant la pêche à la dynamite. Mais aujourd'hui, les récifs montrent des signes de rétablissement.

Ferme piscicole du gouvernement

La pisciculture gouvernementale présentait une très belle collection de tortues, de méduses, de différentes espèces de requins et d'autres poissons. Vous pouvez le visiter en bateau.

Manger sur la plage

Une chose ne manque jamais de m'impressionner. Les Thaïlandais adorent la nourriture ! Je crois secrètement qu'ils passent la plupart de leur temps libre à manger. Même si vous n'avez pas beaucoup d'argent, vous pouvez vous procurer une variété de plats chauds à des prix raisonnables dans les échoppes de bord de route. De nombreux travailleurs thaïlandais trouvent qu'il est plus pratique de manger à l'extérieur que de cuisiner eux-mêmes. Ils peuvent ainsi bénéficier d'une grande variété. Pour revenir à Koh Samed, les plages sont parsemées de restaurants. Lorsque le soleil se couche, les restaurants scintillent comme des étoiles. Ils présentent un large éventail de produits alimentaires. Nous en avons trouvé un avec une disposition des sièges de type Dhaba.

En Thaïlande, on ne se presse pas pour manger. Vous mangez lentement, en savourant une grande variété de produits. Et les laver avec de l'alcool. Allongé sur un lit de camp sur la plage, sous un ciel clair de lune, endormi par le doux bruit apaisant des vagues, on ne peut s'empêcher de penser que la vie ne peut pas être plus agréable.

Pêche au calmar

Je n'avais jamais vu de pêche au calmar auparavant. En fait, je n'avais jamais vu de calmar vivant auparavant. C'est pourquoi, lorsque j'ai vu sur le bord de la route une publicité pour la pêche en mer et la pêche au calmar, j'ai réservé des places sur un bateau de pêche.

Le bateau a été utilisé pour des visites touristiques pendant la journée. La nuit, il se transformait en bateau de pêche en haute mer ou de pêche au calmar. Le bateau est sorti en mer et a jeté l'ancre. Les bateliers ont tendu de grandes perches de chaque côté du bateau et ont allumé des projecteurs brillants suspendus aux perches. On nous a remis des cannes à pêche sans appât vivant et on nous a demandé de nous arrêter si nous sentions un grignotage.

Bien qu'il s'agisse de notre première tentative de pêche au calmar, nous avons attrapé quatre calamars en l'espace d'une heure. Les bateliers ont ensuite descendu un grand filet de pêche dans la mer, remonté l'ancre et démarré le bateau. Au bout d'un certain temps, ils ont tiré le filet.

Il y avait beaucoup d'espèces différentes de poissons. L'équipage commence à préparer le dîner. Ils ont accosté à côté d'un quai flottant au milieu de la mer. Nous sommes sortis en grimpant et avons dîné et bu une bière sur le quai flottant. C'était une expérience tout à fait agréable.

Khao Laem Ya - Parc national de Mu Koh Samet

En 1981, le Département des forêts de Thaïlande a déclaré le promontoire de Khao Laem Ya (y compris les montagnes Lam Ya), les 11 kilomètres de Had Mae Rumpueng - une plage sur la côte de Rayong - et l'archipel Samet (composé de Koh Samed, Koh Chan, Koh San Chalam, Koh Hin Khao, Koh Kang Kao, Koh Kudee, Koh Kruoy et Koh Plateen) "Parc national maritime de Khao Laem Ya et de l'archipel Samet".

Vous pouvez effectuer des circuits écologiques comprenant différents itinéraires sur Koh Samed, Koh Kudee et Lam Ya Mountain.

La vie sauvage

La faune comprend des varans, des macaques à longue queue et différentes espèces d'écureuils. Une colonie de grandes chauves-souris frugivores, ou "renards volants", vit sur Koh Thalu. On y trouve une grande variété d'oiseaux, dont plusieurs espèces de sternes, de hérons et de calaos.

Un cadre magnifique

Il y a plus d'un siècle et demi, cette île a inspiré le poète thaïlandais Sunthorn Phu (surnommé le Shakespeare thaïlandais), qui y a écrit sa plus célèbre épopée, Phra Aphai Manee - une histoire de princes, de sages, de sirènes et de géants. Selon l'épopée, la belle île a abrité son personnage principal d'un géant amoureux.

Elle eut le cœur brisé et mourut sur la plage de sable cristallin de l'île.

Atteindre l'objectif

Koh Samed se trouve à environ deux heures et demie de route de Bangkok et à environ une heure de la célèbre station balnéaire de Pattaya. Sur le chemin du retour, nous avons passé quelques nuits à Pattaya.

RecommandationKoh

Samed doit son nom à l'arbre Samed, ou cajeput, qui pousse partout sur l'île. Si vous aimez les plages, vous devez visiter Koh Samed. Et si l'un des membres de votre groupe sait conduire, envisagez de louer et de conduire une voiture. Mais n'oubliez pas de vous munir d'un permis de conduire international de l'Inde. Vous pouvez l'obtenir facilement auprès de l'association locale des automobilistes ou de l'autorité régionale de transport la plus proche.

Vous serez surpris de constater que les stations-service situées sur la route, et il y en a beaucoup, disposent de magasins climatisés bien achalandés qui vendent toutes sortes de boissons, de produits alimentaires et d'articles d'usage courant. Des toilettes propres et bien rangées.

Mon fils n'arrêtait pas de se plaindre que même après un repas complet, nous nous arrêtions à chaque station-service sur le chemin pour acheter des fruits et toutes sortes de choses et continuer à grignoter pendant tout le trajet. Étonnamment, même après avoir mangé autant, nous n'avons pas pris de poids. En fait, nous avons perdu un peu. La raison en est que les Thaïlandais n'utilisent pas trop d'huile et de graisse dans leur cuisine.

Vous pouvez obtenir plus de détails sur l'île et d'autres informations sur le site suivant :

https://www.tourismthailand.org/Destinations/Provinces/Ko-Samet/468

Île de Langkawi, Malaisie

Île de Langkawi, Malaisie - Île de l'innocente Mahsuri et de sa malédiction.

Le film "Don" de Shahrukh Khan a été tourné à Kula Lumpur et sur l'île de Langkawi en 2006. Certains touristes aiment visiter ces lieux liés au cinéma, et les agences de voyage proposent des forfaits pour ces lieux. La raison en est simple : les réalisateurs effectuent des recherches approfondies pour trouver les meilleurs lieux de tournage.

Par exemple, un grand voyagiste indien propose un circuit de cinq nuits et six jours à Langkawi, Genting Highways et Kuala Lumpur (y compris une visite locale des tours Petronas et de Jalan Masjid), billets d'avion compris, pour environ 60 000 roupies. Une bonne affaire !

Nous avons donc décidé de visiter la Malaisie. Nous avons pris l'avion de Mumbai à Kuala Lumpur et, après trois jours à Kuala Lumpur, nous sommes partis pour Penang. Il y avait plusieurs vols bon marché, mais pour voir la campagne subéquatoriale, nous avons voyagé dans un bus NICE. Ces bus sont climatisés, avec des sièges spacieux de type avion, et servent des boissons et des repas légers pendant le voyage.

La route était excellente. Des pluies intermittentes se sont abattues sur le trajet de cinq heures et demie. Nous avons traversé de magnifiques paysages - rizières verdoyantes, forêts subéquatoriales denses, montagnes enveloppées de nuages, le long de la mer, puis au-dessus de celle-ci.

Il existe un service de ferry direct de Penang à Langkawi, mais nous avons décidé d'emprunter un chemin plus aventureux. Nous avons traversé la mer en ferry, voyagé dans deux bus et un taxi, et finalement traversé Langkawi par un autre ferry.

Langkawi n'est pas une île unique, mais un ensemble de 99 îles, séparées de la Malaisie continentale par le détroit de Malacca. La plupart des îles sont inhabitées. Seules quelques unes sont accessibles aux touristes.

Pulau Langkawi

L'île principale est Pulau Langkawi. Pulau signifie île et Langkawi est dérivé de deux mots : Helang (aigle en malais) et kawi (pierre brune en sanskrit) : Helang (aigle en malais) et kawi (pierre brune en sanskrit). Les îles abritent un grand nombre d'aigles et des formations rocheuses uniques. Au fil du temps, "Helang-kawi" s'est transformé en Langkawi, plus court. Une immense statue d'un cerf-volant brahmanique au terminus du ferry de Kuah accueille les visiteurs à Pulau Langkawi.

Il existe plusieurs légendes concernant l'île. Selon la légende la plus populaire, il y a environ deux siècles, une belle jeune fille, Mahsuri, vivait ici. Ses ennemis l'ont accusée à tort d'adultère et elle a été poignardée à mort. Du sang blanc suinte de ses blessures, prouvant son innocence. Le Mahsuri mourant a jeté une malédiction selon laquelle l'île resterait stérile pendant sept générations. Vous pouvez découvrir son histoire au mausolée de Mahsuri à Langkawi (à 12 km de Kuah).

Les habitants croient que les sept générations sont terminées. Langkawi était une petite ville villageoise, sans nom, habitée par des fermiers et des pêcheurs. En 1986, le Premier ministre Mahathir Mohamad l'a transformée en une destination de vacances de premier choix, hors taxes, dotée d'un aéroport international, avec des vols en provenance de plusieurs régions du monde. Langkawi est une destination touristique très prisée.

En 2023, Langkawi, en Malaisie, a accueilli 2,82 millions de visiteurs et généré 918 millions de dollars.

KuahLa

principale ville de l'île de Pulau Langkawi est Kuah, située à l'extrémité sud-est de l'île. Kuah est le principal point d'entrée et de sortie par ferry et le point de départ vers les îles voisines.

Plage de Pantai Cenang (18 km de Kuah)

Langkawi compte plusieurs belles plages, mais Pantai Cenang est la plus populaire. La plage de deux kilomètres est bordée d'une variété de stations balnéaires, d'hôtels de luxe, d'appartements, de restaurants et de boutiques. Dans l'un des restaurants, j'ai même rencontré un serveur originaire de Mumbai.

Nous avons loué un grand appartement juste en face de la plage. Il disposait d'une magnifique salle de bal, de grandes chambres et d'une belle piscine avec une cascade, construite sur le thème de l'Oasis, et n'était pas cher.

Le monde sous-marin

Le Monde sous-marin, situé sur la plage de Pantai Cenang, est l'un des plus grands aquariums d'eau douce et d'eau de mer d'Asie. Il présente un large éventail de poissons et de créatures marines. Vous pouvez observer de gros poissons, des requins, des raies pastenagues et des tortues marines en traversant le tunnel. On peut également y voir différentes espèces de loutres.

Téléphérique

Le téléphérique, qui a été ouvert au public en octobre 2002, est le plus long système de téléphérique à travée libre et à câble unique du monde. Il part de l'Oriental Village, au nord-ouest de l'île de Langkawi, et vous emmène sur 2,079 km de forêts tropicales, en passant par les cascades de Telaga Tujuh jusqu'à Ma Chinchang, le deuxième plus haut sommet de Langkawi.

C'est le trajet le plus raide du monde. Parfois, vous montez à un angle de 42 degrés. Le premier arrêt et la tour d'observation sont situés à environ 600 mètres d'altitude. Vous pouvez descendre et admirer le paysage pendant un certain temps avant de continuer à monter.

Mais la vue du sommet est bien plus enchanteresse, et le coucher de soleil est tout simplement inoubliable. Depuis le sommet, vous pouvez voir l'ensemble du paysage de l'île, les îles au large, la mer d'Andaman et les mers au-delà. Par temps clair, on peut apercevoir des parties de la Thaïlande au nord et de l'Indonésie au sud-ouest.

Au fur et à mesure que l'on monte dans le téléphérique, on sent la température chuter brusquement. Le temps au sommet est imprévisible. Le ciel peut s'assombrir soudainement avec des pluies diluviennes. À ces moments-là, les services de téléphérique sont interrompus. C'est ce qui nous est arrivé. Nous avons dû revenir le lendemain.

Vous pouvez marcher sur le pont métallique incurvé de 125 mètres, suspendu au-dessus du mont Ma Chinchang et d'une montagne voisine, qui est une réalisation architecturale unique. Depuis le pont, on voit les mêmes choses, mais d'un point de vue différent.

La région fait partie de deux parcs géologiques uniques formés par des roches métamorphosées vieilles de 550 millions d'années. Un petit musée permet de voir des spécimens des parcs et d'en apprendre davantage à leur sujet. Le village oriental lui-même est un endroit idéal pour un pique-nique, avec de nombreuses boutiques, des restaurants, un grand lac, etc.

Parc marin de Pulau Payar (50 kms)

Le parc marin de Pulau Payar est le premier parc marin de Malaisie. Il comprend quatre îles : Pulau Payar, Pulau Lembu, Pulau Segantang et Pulau Kaca.

Nous avons fait une excursion d'une journée à Pulau Payar. L'alimentation des requins était merveilleuse. Les manipulateurs ont nourri les requins avec leurs mains. Mon fils, qui voulait depuis longtemps nager avec les requins, a nagé avec les requins. À un moment donné, je pouvais compter plus d'une demi-douzaine de requins autour de lui. C'était très risqué et éprouvant pour les nerfs, mais le rêve de mon fils s'est réalisé.

Nous avons nagé dans la mer et fait un peu de plongée avec masque et tuba. Les eaux regorgeaient littéralement de poissons. Nous sommes ensuite allés de l'autre côté de l'île pour voir Coral Gardens. Nous y avons vu des coraux, des murènes, des mérous, des requins à pointe noire, des poissons-clowns et beaucoup d'autres créatures marines.

Le gouvernement malaisien n'a autorisé aucun restaurant ou hôtel sur l'île. Il n'y a pas non plus d'eau douce. Les visiteurs doivent apporter leur nourriture et leurs boissons et rapporter tous les déchets. J'aimerais que nous puissions faire la même chose en Inde.

Autres lieux d'intérêt

Il y a beaucoup d'autres endroits à voir et à explorer. Les plus importantes sont les suivantes :

Village d'Air Hangat - 14 kilomètres au nord-ouest de Kuah. Ce complexe moderne dispose d'une fontaine d'eau chaude à trois niveaux et d'une peinture murale en pierre de rivière de 18 mètres de long, sculptée à la main et décrivant des légendes sur l'endroit, ainsi que de boutiques de souvenirs.

Taman Lagenda - ou Legend On The Park - est un parc panoramique de 50 acres comprenant 17 monuments, chacun avec sa propre histoire, 4 lacs artificiels, une plage artificielle, des parcs et des jardins magnifiquement entretenus.

Telaga Tujuh, ou Seven Wells Waterfall, est une cascade de sept couches de bassins naturels où l'on peut se baigner et nager.

Les marchés nocturnes sont très populaires. Chaque jour de la semaine, il y a un marché nocturne à un endroit ou à un autre de l'île. Consultez les guides.

Tanjung Rhu, à l'extrême nord de l'île, abrite des grottes de calcaire et des îles inhabitées. On y trouve des mangroves, des cours d'eau, des rochers calcaires et des plages de sable.

Tasik Dayang Bunting, ou île de la jeune fille enceinte, est située au sud-ouest de l'île de Langkawi. Au centre de l'île se trouve un grand et beau lac appelé Tasik Dayang, auquel on prête des pouvoirs magiques. L'eau est réputée pour donner la fertilité aux femmes stériles. L'eau est également propice à la baignade. Il y a aussi une grotte appelée Gua Langsir habitée par des milliers de chauves-souris.

Bird Paradise possède la première passerelle entièrement couverte d'Asie et une belle collection d'oiseaux ordinaires et exotiques.

La ferme aux crocodiles compte plus de 1000 crocodiles de différentes espèces.

Recommandation

Langkawi est une île hors taxes qui offre de nombreux sites à voir et à explorer. En outre, il existe un grand nombre d'îles inexplorées et de magnifiques formations calcaires. Vous pouvez faire des croisières d'une journée entière en mer, en rivière et dans les criques de mangrove. Vous pouvez faire du snorkelling, de la plongée sous-marine, du bateau, du yachting, de la pêche, du trekking et un certain nombre d'autres sports nautiques.

Vous pouvez faire le tour de l'île de Pulau Langkawi en voiture en trois heures environ. Si vous savez conduire, louez une voiture autonome. Les loyers sont peu élevés. Évitez l'île pendant la mousson, de juillet à mi-septembre, car la mer devient agitée et les croisières peuvent être suspendues. Vous devrez peut-être réduire vos activités de plein air. Il existe très peu de restrictions concernant la photographie dans les aéroports malaisiens. Vous pouvez prendre des photos de l'aéroport, des pistes et des avions.

Je n'ai jamais compris la logique des restrictions rigides imposées par l'Inde à la photographie aérienne, maritime et aéroportuaire, car n'importe qui peut les photographier, même à des centaines de kilomètres de distance.

Sydney - Vitrine de l'Australie

L'Australie est unique à plusieurs égards. Elle se trouve du côté sud de l'équateur. Les climats y sont opposés à ceux de l'hémisphère nord. Il fait chaud en décembre (nos mois froids) et froid en juin (nos mois chauds). L'Australie est tellement éloignée de tous les autres continents que la vie animale et végétale y est totalement différente du reste du monde.

Depuis plusieurs années, nous avions prévu de passer des vacances sur la Gold Coast en avril, l'automne australien, et de visiter la Grande Barrière de Corail. Mais nous avons trop aimé la Gold Coast, nous y avons trop séjourné et nous nous sommes aperçus que nous manquions de temps. Nous avions besoin de plus de temps que nous ne pouvions en consacrer à l'exploration de la Grande Barrière de Corail. Nous n'avons pas pu changer nos dates car les billets aller-retour n'étaient pas remboursables. Nous avons décidé de ne pas visiter la Grande Barrière de Corail et de nous rendre à Sydney.

Nous avons réservé un appartement dans le Central Railway Motel sur Chalmers Road, près de la gare centrale. Il est idéalement situé au cœur de Sydney. Mais après y être restés trois jours, nous avons déménagé dans les Goldsborough Apartments, un magnifique bâtiment du patrimoine qui surplombe le Darling Harbour. Lors de nos voyages, nous louons toujours de grands appartements avec kitchenette et laverie. Nous faisons également une partie de la cuisine. Nous économisons ainsi beaucoup d'argent, que nous pouvons utiliser ailleurs.

Port de Darling

Darling Harbour fait le bonheur des touristes. Il est difficile d'imaginer qu'il n'y a pas si longtemps, ce lieu dynamique n'était qu'un petit chantier naval anodin. En 1984, le gouvernement de Nouvelle-

Galles du Sud a annoncé sa décision de développer la zone en quatre ans. Oui, c'est tout ce qu'il leur a fallu. La zone a été transformée en l'un des plus beaux fronts de mer récréatifs du monde.

Le port lui-même abrite un magnifique aquarium, un zoo, un théâtre Imax, de nombreuses boutiques et des restaurants. Outre la route, il existe trois autres modes de transport (monorail, métro et ferry). Nous avons acheté des billets combinés, ce qui nous a permis de voyager pendant une semaine de manière illimitée dans le monorail, le métro, le ferry et les bus. C'est tellement pratique !

Nous avons emprunté tous les modes de transport, montant et descendant tranquillement. C'est un excellent moyen de se familiariser avec un nouvel endroit. Nous avons passé un peu de temps sur les marches du quai à observer les touristes. Les mouettes nous ont tenu compagnie, comme le font les pigeons sur la Marine Drive à Mumbai.

Aquarium de Sydney

L'Aquarium de Sydney, l'un des plus beaux aquariums du monde, présente plus de 13 000 animaux issus de 700 espèces de poissons, de reptiles et de mammifères australiens.

Les objets exposés avaient été disposés en fonction des différentes régions où ils se trouvent en Australie : Southern Rivers ; Northern Rivers ; Southern Ocean ; Northern Ocean ; etc. C'est l'océanarium de la Grande Barrière de Corail qui nous a le plus séduits. Il s'agit d'une réplique miniature de la Grande Barrière de Corail. Nous y avons observé une grande variété d'espèces marines et certaines des plus grandes créatures - requins, raies, tortues, etc. Nous avons également vu certaines des créatures les plus venimeuses de la planète, notamment la pieuvre à anneaux bleus et l'ornithorynque, un animal hors du commun. Nous avons même vu un couple de sirènes appelées aussi vaches de mer (il s'agit en fait de dugongs).

Un guide nous a expliqué que sur les cinq lamantins exposés dans le monde, l'aquarium de Sydney en possédait deux.

Nous avons marché sur le fond de l'océan - un réseau de tunnels sous-marins en acrylique de 145 mètres de long - en admirant les animaux et leur environnement. La section des grands océans du Sud présente une magnifique collection de lions de mer australiens, d'otaries à fourrure australiennes, d'otaries à fourrure néo-zélandaises, de lions de mer californiens, de léopards de mer, de pingouins et de pélicans. Nous avions l'impression d'avoir mis les pieds en Antarctique.

Si vous avez le goût de l'aventure, des guides experts vous feront plonger au milieu des requins.

Sydney Wildlife World (Taronga Zoo)

Ce zoo unique est situé sur un terrain surélevé le long du front de mer. Nous avons vu un magnifique spectacle de papillons voletant d'une plante à l'autre. Sur le sol, des tortues et des crocodiles se prélassent au soleil déclinant.

La section des animaux nocturnes présentait une belle collection d'animaux nocturnes australiens. Fait surprenant mais peu connu, plus de 50 % des animaux australiens sont nocturnes, ce qui fait que la plupart des gens les voient rarement.

Différentes sections présentent des animaux différents en fonction de leur habitat : casoars, kangourous, wallabies, koalas, rainettes et la plupart des animaux indigènes australiens. Vous pouvez vous faire photographier avec de nombreux animaux. Prenez la télécabine jusqu'au sommet du zoo et descendez à pied. C'est la meilleure façon de profiter du zoo.

Pont du port de Sydney

Le pont du port de Sydney, connu localement sous le nom de "cintre", est l'emblème le plus célèbre de la ville. Avant sa construction, il était possible de se rendre du quartier résidentiel de North Sydney au centre-ville de South Sydney, soit par ferry, soit par un itinéraire routier de 20 kilomètres (12 miles) qui impliquait la traversée de cinq ponts.

La construction du pont du port de Sydney a commencé en décembre 1926 et le pont a été officiellement inauguré le 19 mars 1932. Elle dispose également d'une ligne de chemin de fer. Le coût total du pont (6,25 millions de livres australiennes, soit 13,5 millions de dollars australiens) a été remboursé en 1988. Toutefois, le péage a été maintenu pour couvrir les dépenses d'entretien du pont et du tunnel du port de Sydney. Qui a dit que tout ce qui naît doit mourir ? Les impôts atteignent l'immortalité !

Nous avons grimpé jusqu'au belvédère du pont, où nous avons vu une exposition fascinante sur la construction du pont. Si vous le souhaitez, vous pouvez faire une excursion guidée jusqu'au sommet du Harbour Bridge et le traverser de part en part. Depuis le sommet, vous avez une vue incroyable sur toute la ville de Sydney. J'ai passé plus de 40 ans de ma vie à Kolkata (Calcutta). J'ai toujours pensé que le pont de Howrah était remarquablement similaire au pont du port de Sydney. J'en ai découvert la raison lors de ma visite en Australie. Les deux ponts ont la même filiation. Ils ont été construits par la même société - Cleveland Bridge and Engineering Ltd. de Darlington, au Royaume-Uni.

Opéra de Sydney

En termes de technologie, l'Opéra de Sydney, qui a été inauguré en octobre 1973, est une merveille moderne créée par l'homme. Sa conception unique était bien en avance sur son temps et sur la technologie disponible à l'époque. Ses concepteurs ont dû trouver des solutions à plusieurs nouveaux problèmes d'ingénierie. Tout cela a retardé la construction et le projet s'est embourbé dans la controverse.

Jørn Utzon, son concepteur, a été disgracié et a dû quitter l'Australie dans l'humiliation, bien avant l'achèvement du projet. Son grand travail a été reconnu plus tard et il a été honoré. Mais il n'a jamais pu voir l'Opéra de Sydney lui-même. Sa maladie l'a empêché de venir en Australie.

Nous avons participé à une visite guidée d'une heure de l'Opéra. Le guide nous a fait découvrir l'ensemble de la structure, en racontant son histoire et en expliquant les différents problèmes auxquels les concepteurs ont été confrontés. Il nous a fait pénétrer dans les auditoriums à l'acoustique parfaite où se déroulent régulièrement des spectacles. Nous avons également pu voir certaines scènes en coulisses, comme les répétitions des groupes.

Tour de Sydney

La tour de Sydney a été ouverte au public en août 1981. L'ascenseur à grande vitesse nous a permis d'atteindre le sommet en 40 secondes. La tourelle peut accueillir 960 personnes et contient deux niveaux de restaurants, un salon de café et des ponts d'observation. À 250 mètres au-dessus des rues de la ville, nous avons fait le tour de la tourelle et vu tout Sydney et au-delà comme le ferait un oiseau - une vue à 360 degrés de l'une des villes les plus spectaculaires du monde. Vous pouvez sortir de la tourelle de protection et emprunter le Skywalk unique en son genre avec des experts.

Plage de Bondi

Cette belle plage se trouve à seulement 45 minutes de route de Darling Harbour. Entre 1929 et 1958, un service régulier de tramway reliait Sydney à Bondi Beach (l'immense réseau de tramway de Sydney a été fermé en février 1961). (L'immense réseau de tramway de Sydney a fermé en février 1961.) Melbourne a encore des services de tramway (tout comme Kolkata, où il vient de fermer).

Depuis Darling Harbour, nous avons d'abord pris le métro, puis le bus. Bondi est célèbre pour son soleil, sa plage, son surf et ses plaisirs. De l'autre côté de la plage, on trouve des restaurants, des magasins, des hôtels et des boutiques de souvenirs.

Montagnes bleues

Les Blue Mountains sont en fait une vaste région qui s'étend sur 1 433 kilomètres carrés. Il y a 26 townships situés entre 50 et 120 km à l'ouest de Sydney. En novembre 2000, les Blue Mountains ont été déclarées parc du patrimoine mondial.

La ville touristique la plus populaire des Blue Mountains est Katoomba. C'est ici que J.B. North a ouvert la mine de charbon de Katoomba en 1879. Il a mis au point un système de téléphérique pour acheminer le charbon jusqu'au sommet. La mine de charbon est aujourd'hui épuisée et désaffectée. Mais le téléphérique a été remplacé par le célèbre Scenic Railway, le chemin de fer le plus pentu du monde.

À côté du Scenic Railway se trouve le nouveau Sceniscender, le téléphérique le plus raide d'Australie. Le téléphérique vous emmène sur une distance de 545 mètres dans les forêts tropicales de la région des Greater Blue Mountains, classée au patrimoine mondial de l'humanité. La magnifique Scenic Skyway se trouve à proximité. Et si vous êtes intéressé par l'exploration des grottes, vous pouvez passer tout votre temps à explorer les grottes de pierre à chaux - les grottes de Jenolan.

On peut y voir de magnifiques formations rocheuses naturelles. Les Trois Sœurs sont les plus populaires. Et si vous aimez les histoires, lisez les histoires aborigènes du temps du rêve.

Recommandation

Il y a beaucoup d'autres endroits à visiter :

China Town que j'ai beaucoup aimé.

Jardin chinois de l'amitié.

Fort Denison au large de Darling Harbour.

Jardins botaniques royaux.

Kings Cross.

Musées.

Visitez Sydney au début de l'été. Ce sera très agréable. Réservez vos vols bien à l'avance. Vous pouvez obtenir des billets d'avion à des prix très intéressants.

Essayez de loger dans un appartement, surtout si votre groupe est composé de plus de 3 ou 4 personnes. Une semaine est le minimum requis.

L'Australie est certainement différente de l'Occident. Vous adorerez les kangourous, les ornithorynques, les koalas, etc. Visitez-le si possible. Vous l'aimerez, ainsi que ses animaux et ses habitants.

A propos de l'auteur

Dr Binoy Gupta

Binoy Gupta a pris sa retraite alors qu'il était un haut fonctionnaire du gouvernement indien. Il est titulaire d'un doctorat en droit et d'un grand nombre de diplômes de troisième cycle. Il est l'auteur de plusieurs livres et a écrit des centaines d'articles. Il a voyagé dans de nombreux pays, de l'Alaska à l'Australie.

Ce livre est sa tentative sincère d'éclairer le lecteur sur plusieurs endroits qu'il ne visitera peut-être jamais. Ouvrez les yeux du lecteur sur ce qu'il pourrait manquer dans son emploi du temps chargé.

Ce livre est bien plus qu'un simple carnet de voyage. Il emmène le lecteur dans une visite éducative de plusieurs lieux intéressants que l'auteur a visités et appréciés.

Les enfants et les parents trouveront le contenu intéressant, informatif et instructif. Profitez de ce voyage.

www.ingramcontent.com/pod-product-compliance
Lightning Source LLC
LaVergne TN
LVHW041539070526
838199LV00046B/1738